KB182648

열세 살
외과 의사
도우리

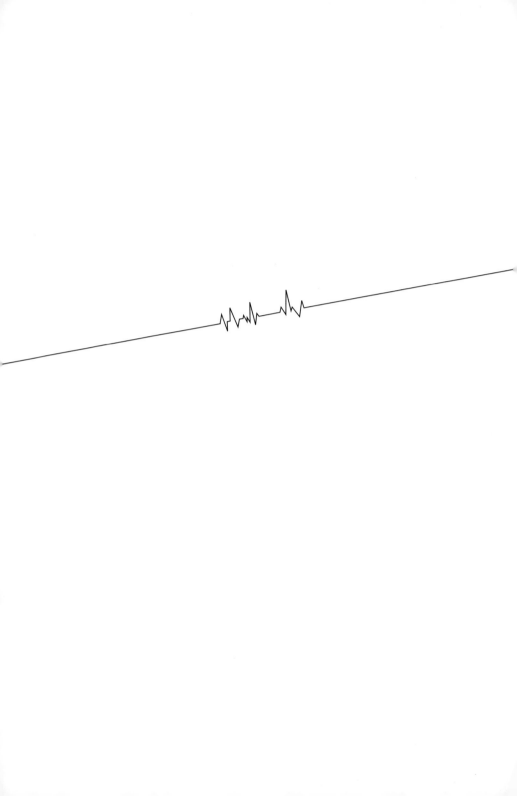

열세 살 외과 의사 도우리

❶ 결성! 닥터 헬기 팀

기획·감수 정경원 글 임은하 그림 하루치

아울북

✿ 기획의 글

　알베르트 슈바이처는 독일 태생의 의사, 신학자, 철학자, 음악가이자 인도주의자로 많은 분야에서 뛰어난 업적을 남긴 인물입니다. 그는 아프리카에서 의료 선교사로 활동한 것으로 유명하며, 1952년에 노벨 평화상을 수상했습니다. 어릴 적 이 분의 위인전을 읽고 어려운 이들을 돕는 의사가 되겠다는 막연한 꿈을 가졌습니다. 그 꿈을 꾸준히 키워 의사가 되었고요.

　의사의 길 중에서도 환자와 가장 가까운 곳에서 몸을 맞대고 나의 손발로 환자에게 직접 도움을 줄 수 있는 외과 의사를 선택했습니다. 그리고 한 걸음 더, 도움이 절실한 이들이 어디에 있을까 찾던 중, 예기치 못한 사고를 당해 갑작스럽게 삶과 죽음의 경계에 서게 되는 중증 외상 환자들을 치료하고자 외상외과 의사가 되었습니다. 중증 외상 환자는 어떤 응급 질환 환자보다 사망 위험이 높지만 소생하기까지 시간 여유가 적습니다. 따라서 의료진이 사고 현장에 보다 가까이 갈수록 더 좋은 치료 결과를 가져옵니다. 이것이 제가 '닥터 헬기'에 몸을 싣기 시작한 이유입니다.

　급박한 상황에서 헬기에 올라 사고 현장으로 출동하여 삶과 죽음의 경계에서 도움이 절실한 환자들을 소생시켜 병원으로 이송해 오면서, 고되고 위험하지만 꼭 필요한 이 일이 지금 '나'에서 끝나지 않고 '후배 의사'에게 계속해서 이어지기를 기도한 적이 많습니다. 초등학생 시절 위인전을 읽고 의사가 되기를 꿈꾸고, 그 꿈대로 외상외과 의사가 되어 닥터 헬기를 타고 사고 현장과 외상센터를 누비는 것처럼 이 책을 읽는 독자 중 누군가도 미래의 외상외과 의사, 닥터 헬기 의사가 되는 것을 꿈꾸기를 바랍니다. 그래서 가장 어려운 곳에 있는, 가장 취약한 이들의 생명을 소생하는 이 일을 이어가기를 기대합니다.

아주대병원 경기남부 권역외상센터장
경기도 응급의료전용헬기(닥터 헬기) 항공의료팀장
정경원

✿ 작가의글

　여러분은 병원 한가운데 헬기가 서 있는 모습이 상상이 되나요? 비행장도, 하늘 위도 아닌 병원 뜰에 서 있는 그 늠름한 헬기는 바로 닥터 헬기예요. 구급차로 병원에 가는 시간마저 허락되지 않는 위급한 환자에게 목숨을 건질 수 있는 골든 아워를 지켜주는, 닥터 헬기는 그런 고마운 존재죠. 그런데 그 헬기보다 더 고마운 사람들이 있어요. 헬기를 타고 1분, 1초라도 더 빨리 환자들에게 날아가기 위해 애쓰는 외상외과 의료진들이에요. 낮에도 밤에도 중증 외상 환자가 생기면 그 즉시 헬기로 환자를 실어와 응급 수술을 하고 살려 내기 위해 분투하는 의료진들 덕분에 닥터 헬기도 제 역할을 할 수 있는 걸 거예요.

　이 책의 주인공인 도우리와 오하늘은 여러분 또래의 초등학생이에요. 두 친구는 각기 다른 사연으로 외상외과를 지원했고 헬기에 몸을 싣지만, 마음만은 하나입니다. 크게 다쳐서 위급한 환자를 신속히 구해 치료하는 것. 아직은 어린 우리와 하늘이가 외상외과에서 일하며 때로는 힘들고 아픈 과정을 이겨낼 수 있는 건 바로 그 마음 때문이에요.

　'환자에게 날아갈 수 있다는 것.'

　위급한 환자를 향해 걸어서도, 뛰어서도, 차를 타고도 아닌 날아서 간다는 건 불의의 사고를 당해 시간이 촉박한 그 환자에겐 어쩌면 단 하나의 희망일지도요. 혹시라도 등교길이나 하교길에 하늘을 나는 닥터 헬기를 보게 된다면 응원을 보내주세요. 헬기에 탄 환자가 꼭 다시 건강해지기를요. 그리고 그 안에서 환자를 살리고 있을 우리와 하늘이에게도요.

　더불어 부디 이 책과 여러분의 응원에 힘입어 닥터 헬기가 환자들에게 더 가까이 더 빨리 날아갈 수 있기를, 그리고 외상외과 의료진이 더 좋은 환경에서 환자를 치료하는 데 집중할 수 있게 되기를 소망합니다.

동화작가
임은하

✿ 차례

1. 대한민국 최연소 외상외과 전공의 ······ 16

2. 닥터 헬기 ······ 34

3. 고소 공포증과 희망 편지 ······ 50

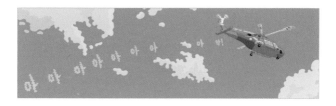

"학생, 괜찮아요?"

"정신 차려요! 숨 쉬어요, 숨!"

사람들 몇이 버스에서 다급하게 내리며 여학생 한 명을 부축했다. 사람들에 의해 끌려가듯 정류장 벤치에 앉은 여학생은 숨을 몰아쉬며 괴로워했다. 급기야 여학생의 얼굴이 빨개지며 고꾸라지듯 벤치에 쓰러졌다.

"도와주세요! 혹시 의료인 안 계세요?"

여학생을 일으켜 앉히던 한 아이 엄마가 소리쳤다. 지나가던 사람들이 우르르 모여들기 시작했다. 그때였다. 벤치를 둘러싼 인파를 헤치고 야구 모자를 깊이 눌러쓴 누군가가 여학생 옆으로 다가갔다.

"환자분! 환자분! 들리세요? 이름이 뭐죠?"

여학생은 제대로 말을 하지 못하고 가쁜 숨을 내쉬며 괴로워하고 있었다. 야구 모자는 여학생의 코와 입에 자신의 귀를 가져다 대며 호흡을 체크했다.

"넌 누구니?"

야구 모자가 얼굴을 들자 아이 엄마가 말했다.

"얘, 지금 위급한 상황이야! 나와라! 장난칠 때가 아냐."

"저 의사예요."

"뭐? 네가, 의사? 초딩 같은데?"

야구 모자는 재빨리 여학생의 손목을 잡고 맥박을 측정했다.

"호흡, 맥박 둘 다 좋지 않은데……."

야구 모자가 중얼거리는 사이, 여학생 얼굴이 더욱 더 빨개지면서 손이 꼬이는 모습을 보였다.

"환자분! 혹시 공황 장애가 있나요? 아니면 오늘 아침 약물 복용한 것 있어요?"

야구 모자가 물었지만, 여학생은 제대로 대답하지 못하고 숨만 몰아 쉬었다.

"얘, 너 지금 장난하니? 숨도 못 쉬는 애한테 뭘 자꾸 물어!"

아이 엄마는 야구 모자에게 다그치더니, 사람들에게 소리쳤다.

"인공호흡 할 줄 아는 사람 있어요? 이러다 정말 큰일 나겠어요!"

"인공호흡 안 됩니다. 지금 이 환자분 과호흡 같아요!"

그때였다.

"수연아!"

또 다른 여학생이 소리치며 다가왔다. 쓰러진 여학생과 똑같은 교복을 입고 있었다.

"수연아, 너 왜 그래! 괜찮아?"

여학생이 놀란 얼굴로 환자에게 다가가 팔을 흔들었다.

"환자분과 아는 사이인가요?"

야구 모자가 묻자 여전히 놀란 목소리로 말했다.

"같은 반 친구예요!"

"혹시 환자분 특이점이 있나요? 공황 장애를 앓고 있다거나, 평소 아픈 데가 있다든가요."

"수연이는 사람 많은 곳을 힘들어해요. 그래서 비행기도 잘 못 탄다고 그랬었어요."

"아까 그 버스, 만원 버스였죠?"

야구 모자가 주변을 둘러보며 물었다. 승객 하나가 말했다.

"꽉 찼었죠. 그 버스가 평소라면 한가한 편인데, 오늘은 구청에서 바자회 한다고 해서 사람들이 갑자기 많이 탔거든요."

이윽고 119 구급대가 도착했다. 대원들이 여학생을 서둘러 구급차에 태웠다.

"과호흡이에요. 주변인에게 물어보니 공황 장애가 있다고 합니다. 만원 버스에 타고 있다가 증상이 시작된 걸로 보입니다. 뇌 쪽에 문제가 있거나 약물 부작용일 수 있다고 의료진께 전달 부탁드립니다."

야구 모자가 구급대원에게 말했다.

"아, 저는 우진병원 외상외과 *전공의예요."

"네, 알겠습니다."

구급차는 시야에서 빠르게 사라졌다. 사람들도 하나둘씩 흩어졌다. 야구 모자는 긴장했던 탓인지 크게 숨을 내쉬고는 백팩을 고쳐 메고 어딘가로 빠르게 걷기 시작했다. 그 모습을 바라보던 아이가 손을 잡고 있던 엄마를 올려다보았다.

"엄마! 나, 저 형 본 적 있어."

그러자 아이 엄마를 비롯한 몇몇 사람이 야구 모자의 뒷모습을 눈으로 쫓았다.

"어디서?"

아이 엄마가 묻자 아이가 말했다.

"텔레비전에서 본 것 같아."

*전공의 : 의사 면허를 취득한 후 전문의가 되기 위해 수련하는 단계에 있는 사람. 1년간의 인턴과 3~4년 간의 전공의(레지던트) 과정을 거친 뒤에야 전문의가 될 수 있다.

도우리
언어와 수학 등에서 뛰어난
천재성을 보여 일찌감치
유명해진 영재 중의 영재.
올해 전공의 1년차 의사.

오하늘
외상외과 전담 신입 간호사.
누구에게나 스스럼없이
다가가고 공감 능력이 뛰어나
환자와 동료들 사이에서
인기가 높다.

강힘찬
우진시 소속 소방대원.
이름대로 씩씩하고
힘찬 성격으로 고된
현장에서도 분위기를
밝게 만드는 능력이 있다.

최현정
외상외과 전담 수간호사이자
외상 센터 운영과 살림을 담당하는 매니저.
푸근한 성격으로 우리와 하늘을 잘 챙긴다.

김민주
우진병원 외상외과
전문의이자 교수.
매우 깐깐하고
냉철하다.

도하연
우리와 다섯 살 차이 나는
여동생. 구김 없는 성격과
귀여움을 타고 났다.

도영민
우리의 아빠. 우진병원의
응급실 수간호사.

1.
대한민국 최연소 외상외과 전공의

따르르르릉.

핫라인 콜이 울렸다.

"외상외과입니다."

막 출근해 가운을 갈아입던 우리가 전화를 받았다. 전화기 너머로 다급한 목소리가 들려왔다.

"화산시 119 강힘찬입니다. 우영산이고요. 60대 남자, 산 중턱 절벽에서 아래로 실족했어요. 저희 대원 둘이 센터에 10분 내로 도착합니다."

"준비하겠습니다."

우리는 시계를 보았다. 오전 6시 11분.

우영산 중턱 / 60대 남 / 절벽 아래 실족

우리는 우진병원 외상 센터 단체 대화방에 상황을 알린 후 비상계단을 오르기 시작했다. 닥터 헬기가 이륙 가능한지 체크하기 위해서였다. 밤새 비가 온 탓에 헬기가 이륙할 수 있는지 확실하지 않았다. 헬기팀 사무실의 문을 열자 마침 김민주 교수가 간호사 최현정 선생에게 지시 중이었다.

"장비 체크하고, 5분 뒤 출발."

김민주 교수와 헬기팀 박 기장 그리고 최현정 선생이 이미 대화방을 확인한 뒤라 상황 체크가 끝나 있었다. 비가 오던 하늘이 개어 헬기 이륙이 가능한 모양이었다. 바깥엔 이미 해가 뜨고 있었다.

닥터 헬기에는 힘찬과 다른 소방대원 한 명이 타고 있었다. 오늘은 구급차가 진입할 수 없는 산 중턱에서 사고가 발생했기 때문에 헬기로 직접 환자를 끌어올려야 해서 소방대원들이 함께 탄 것이다.

"어떻게 된 거죠?"

김민주 교수와 최현정 선생이 함께 헬기에 오르며 힘찬에게 물었다.

"드라마 야간 촬영 중이었다고 합니다. 조명 감독이라는데, 조명이랑 같이 절벽 아래로 추락했어요. 10미터 정도 아래 바위로 떨어졌다는데 자세한 상황은 가 봐야 알 것 같습니다."

김민주 교수가 이륙 직전 우리에게 지시했다.

"응급 수술 준비해 놓고."

"네!"

우리는 대답과 함께 뒤로 물러섰다.

다다다다다다-.

헬기의 문이 닫히고, 귀가 먹먹한 굉음과 함께 강한 바람을 일으키며 헬기가 떠오르기 시작했다. 우리는 빠르게 멀어져 가는 헬기를 바라보았다.

우리는 다시 센터 쪽으로 뛰었다. 우영산까지 헬기로 12분, 환자 실어 올리는 데 5분, 다시 돌아오는 데 12분.

계산대로라면 약 30분 후면 환자가 외상 센터에 도착할 예정이다. 그 사이 현장으로 떠난 의료진과 연락을 주고받으며 혈액을 준비하고 응급 수술 준비도 해 놓아야 한다.

산 중턱 위쪽 하늘에 헬기가 도착해 맴돌았다. 환자를 끌어 올리기 위한 최적의 위치를 찾는 중이었다. 환자가 수풀이 우거진 바위틈 사이에 누워 있어 구조가 쉽지 않아 보였다. 바위

위쪽 절벽에는 사람들이 모여 웅성거리고 있었다.

"제가 내려갑니다."

힘찬이 나섰다. 함께 탄 선배 대원이 로프를 준비 중이었다.

"강힘찬, 할 수 있겠어?"

"해 볼게요!"

선배 대원이 힘찬에게 로프를 내밀었다. 힘찬은 자신의 몸에 로프를 단단히 고정했다. 이 로프 한 줄에 의지해 환자가 있는 바위까지 내려가야 한다.

힘찬이 헬기 밖으로 몸을 내밀었다. 헬기 아래로 가파른 바위들을 보자 어지러운 기분이 들었다. 더구나 바람이 심상치 않았다. 그러나 힘찬은 망설일 틈이 없었다.

"조심해요."

최현정 선생이 말했다. 힘찬은 로프를 타고 천천히 내려갔다.

"헛."

바람 때문에 로프가 흔들리자 힘찬은 공중에서 잠시 휘청였다. 순간 아찔했지만 훈련받은 대로 중심을 잡으려 애쓰며 목표 지점인 바위틈에 가까스로 착지했다. 절벽 위에서 지켜보던 촬영 스태프들의 낮은 탄성이 들려왔다.

힘찬은 가장 먼저 환자의 상태를 체크했다.

"환자분! 환자분!"

그러고는 메고 온 들것을 펼치며 환자의 의식을 체크했다. 환자는 대답하지 않았다. 맥박이 뛰고 있는 것으로 보아 다행히 심장이 멈춘 상태는 아니었다. 들것으로 환자를 옮기기 전에 골절된 부분이 없는지 살폈다.

"아아아!"

살피는 과정에서 환자가 작은 신음소리를 내었다.

"정신이 드세요?"

목뼈 골절이 의심되는 상황이었다. 재빨리 목 고정대를 꺼내 환자의 목 뒤에 대고 고정했다.

"이제 곧 헬기를 타고 병원으로 이송되실 겁니다. 헬기로 올라가는 과정에서 조금 흔들릴 수 있지만 단단히 고정할 거니 걱정 마세요."

환자가 미약하게나마 의식을 되찾길 바라며 힘찬은 계속해서 말을 걸었다. 헬기에서 두 번째 로프가 내려오고 있었다.

"오케이!"

내려온 로프를 받아 환자를 들것에 고정하는 작업이 이어졌다. 환자가 공중으로 떠오르며 흔들리지 않도록 최대한 단단히 고정한 후 힘찬도 올라갈 준비를 했다.

"올라갑니다!"

힘찬은 팔을 휘저어 헬기의 대원에게 환자를 올리라는 표시를 했다. 이윽고 힘찬은 환자와 함께 허공으로 떠올랐다. 흔들리는 로프에서 무게 중심을 유지하려 애쓰며 힘찬과 환자는 점점 헬기에 가까워졌고, 드디어 환자가 헬기 안으로 안전히 들어갔다. 뒤이어 힘찬까지 헬기 안으로 들어가고 나자 헬기는 방향을 바꾸어 센터 쪽으로 날아가기 시작했다.

헬기 안에서 김민주 교수와 최 선생이 빠른 손으로 환자를 체크했다.

"환자분! 환자분!"

환자는 대답이 없었다. 호흡도 불안정했다. 산소 투여가 가장 먼저 이루어졌다. 그다음, 최현정 선생이 환자의 몸에 모니터와 연결된 패치를 붙이자 곧바로 환자의 맥박과 혈압, *심전도가 모니터에 나타났다. 김민주 교수가 *기도를 확보하고, 골절이 의심되는 목뼈의 상태를 살폈다. 그 사이에 최현정 선생은 수액과 혈액을 주입할 혈관을 찾아서 주삿바늘을 환자의 몸에 연결했다.

"혈압이 계속 떨어지는데요."

---

*심전도 : 심장의 수축에 따른 활동을 곡선으로 기록한 것.
*기도 : 숨쉴 때 공기가 지나가는 길.

최현정 선생이 말하자 김민주 교수가 모니터를 바라보았다. 김민주 교수는 센터에서 대기하고 있을 우리와 의료팀에게 단체 대화방을 통해 상황을 알렸다.

혈압 60/40. 맥박 80. 환자 의식 없음.
목뼈 골절과 복부 출혈 의심됨.

다다다다다다다다!

헬기가 착륙했다. 우리는 간호사들과 함께 환자를 헬기에서 내리고 준비한 베드에 옮겼다. 환자는 의식 없이 늘어진 채 옮겨졌다. 겉으로 보기에 외상이 심하지는 않았지만 이런 경우 내부 출혈이 문제였다. *소생실로 옮겨 재빨리 *CT 촬영과 함께 혈액 검사가 이어졌다.

"목뼈 골절에 *복강 내 출혈입니다. 간에서부터 흘러나온 것으로 의심되는 피가 안쪽에 고여 있는 것도 보입니다."

우리가 말하자 김민주 교수가 대답했다.

"수술실로."

환자는 바로 수술장으로 향했다. 우리가 습관처럼 시계를 보았다. 6시 57분. 처음 핫라인 콜을 받은 후로 정확히 46분 만

---

*소생실 : 병원에서 환자를 다시 살려 내는 시설이 되어 있는 방. 외상 센터에서는 흔히 T-bay(티베이)라고 부른다.
*CT : 엑스선이나 초음파를 이용해 몸속을 꿰뚫어 보듯 촬영하는 방법.
*복강 : 내장 기관이 있는 배안.

에 환자는 수술실로 들어간다. '*골든 아워'는 지켜진 셈이었
다. 수술실의 불이 켜지고, 김민주 교수와 마취과 송인섭 교수
그리고 최현정 선생과 우리가 환자를 둘러쌌다.

*골든 아워 : 응급 상황이 발생한 시점으로부터 환자가 치료를 받기 시작하는 데까지
걸리는 이상적인 시간. 보통 한 시간을 넘지 않아야 환자의 생명을 구할 확률이
높아진다고 한다.

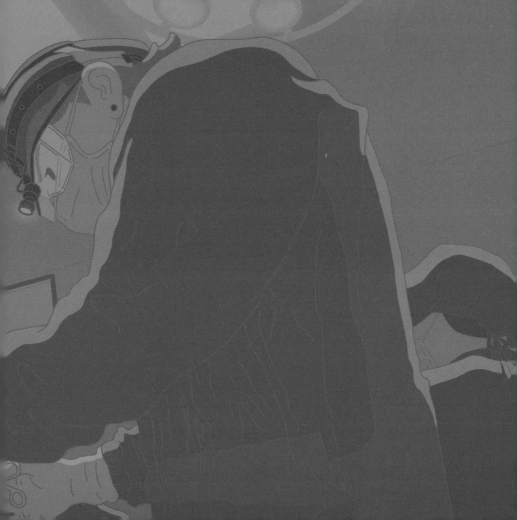

김민주 교수는 환자의 배를 가르고, 빠르게 출혈 부위를 찾
아나갔다.

"도우리, 여기 보여?"

우리는 환자의 복강 안에서 피가 솟구치는 것을 보았다.

"역시 간 파열이네요."

"그렇지. 일단 여기부터 잡자."

김민주 교수는 손상 부위를 압박하면서 지혈을 시도했다. 그 와중에도 모니터의 수치들은 여전히 환자의 상태가 위험함을 알리고 있었다. 수혈이 계속되고 있는데도 혈압이 여전히 좋지 않았다.

"지혈이 안 되는데?"

마스크를 쓴 김민주 교수의 인상이 한껏 찌푸려졌다.

"지혈이 왜요?"

우리가 되물었다. 간이 찢어진 부위를 붙잡아 누른 채 간신히 위험한 고비를 넘기는 동안에도 환자의 배안에서는 피가 계속 새어 나오고 있었다. 당장 피가 멈추지 않으면 환자의 생명이 위태로워질지도 몰랐다.

"도우리, 환자에게 다른 병이 있는 건 아닌지 확인해 봐."

"제가요?"

우리는 되물었다.

"그럼 여기서 누가 할까? 너 전공의 아냐?"

김민주 교수의 목소리가 커졌다. 환자의 생사가 오가는 순간에 바보 같은 질문이었다. 순간적으로 우리의 얼굴이 빨개졌다.

"죄송합니다."

우리는 얼른 수술실 밖으로 나왔다. 먼저 소생실 간호사에게 보호자가 도착했는지 확인을 바란다는 메시지를 보내고 나서 환자의 심장 기록, CT 촬영 사진 그리고 피 검사 결과를 재빠르게 훑어보았다.

그때 간호사에게 전화가 왔다. 보호자가 도착했다는 연락이었다. 우리는 대기실로 뛰었다. 대기실에 아주머니 한 분이 서성이고 있었다. 우리는 곧바로 다가가 물었다.

"황기복 씨 보호자세요?"

아주머니가 고개를 들었다. 우리의 마음이 급했다.

"황기복 씨, 앓고 있는 병이 있으신가요?"

아주머니는 울고 있었다.

"저기, 우리 남편 괜찮죠? 괜찮은 거죠? 흐흐흑."

"수술해 봐야 압니다. 지금은 확실히 말씀드릴 수 없습니다."

그 순간 아주머니의 얼굴이 일그러지며 고개를 흔들었다.

"주, 죽을 수도 있나요? 안 돼요! 이건 아니에요!"

우리는 보호자에게 자세한 상황을 설명할 시간이 없다는 생각에 조급해졌다.

"보호자분, 황기복 씨에게 평소에 앓는 병이 있나요?"

"남펴 잘못되면 전 이세 어떻게 살죠? 흐흐흑."

우리는 시계를 보았다. 1분 1초가 급한 상황이다.

"지금 그렇게 울고 계실 때가 아니라고요. 환자의 상태를 알아야 피를 멎게 할 수 있어요!"

그때였다.

"저기요."

돌아보니 한 여자아이가 서 있었다.

"가족이 사고를 당하셔서 당황하신 것 같은데, 그렇게 다그치면 어떡해요?"

"혹시 그쪽도 가족이에요?"

"아니에요."

"지금 상황이 급하다고요."

"급하다고 막무가내로 몰아치면 상황 해결에 아무런 도움이 안 되죠."

"가족도 아니라면서 좀 빠져 줄래요?"

우리는 매몰차게 대꾸했다. 여자아이가 아주머니에게 다가가 아주머니의 손을 잡았다.

"남편분 괜찮을 거예요. 제가 듣기론 병원 이송도 빨리 됐고, 덕분에 수술도 늦지 않게 시작되었기 때문에 잘못되지 않으실

거예요.”

아주머니는 그제야 진정하는 눈치였다.

“정말요?”

“네. 너무 걱정 마시고 우선 남편분을 도우셔야죠. 혹시 평소에 앓던 병이 있으신가요?”

“아……, 심장 수술을 받았어요. 15년쯤 됐어요. 계속 약을 먹고 있었죠.”

“심장 수술요?”

우리가 되물었다. 그러자 아주머니는 가방에서 종이 하나를 꺼내 우리에게 내밀었다.

“이게 평소에 먹는 약이에요. 혹시 몰라 챙겨 왔어요.”

우리는 약봉지를 받아들고 자기도 모르게 여자아이를 쳐다보았다.

“급한 상황 아니에요?”

여자아이가 물었다. 우리는 수술실로 뛰었다.

‘고맙다고 할 걸 그랬나?’

아주 잠깐 생각했지만 환자가 더 급했다.

수술은 일단 무사히 끝났다. 확인 결과 황기복 씨는 심장 수술을 받은 뒤로 꾸준히 약을 먹고 있었다. 수술 도중 피가 멈추지 않은 이유는 바로 그 약 때문이었다. 약이 작용하지 못하도록 다른 약을 신속히 주입하자 다행히 환자의 혈압이 점차 안정되면서 상태가 좋아지기 시작했다. 그렇게 어렵사리 응급 수술을 마치고 환자의 배를 덮으려는데 김민주 교수가 우리에게 말했다.

"도우리, 해 볼래?"

"제가요? 교수님, 저 아직 1년차인데요."

수술을 위해 가른 배를 다시 덮는 봉합 수술은 전공의 1년차에게 버거운 일이다. 마취과 송 교수도 거들었다.

"너무 이른 거 아냐, 정말?"

하지만 김민주 교수는 한 발짝 뒤로 물러서며 우리에게 말했다.

"인턴 실습 때부터 충분히 봐 왔잖아. 내가 여기서 지켜봐 줄게. 해 봐."

우리는 김민주 교수의 자리로 가서 섰다. 우리는 생각했다.

'이건 실습이 아니야. 여기는 수술실이고, 이 환자는 내가 실제 수술에 참여하는 첫 번째 환자다.'

의식 없이 늘어져 수술실로 옮겨지던 황기복 환자의 얼굴이 스쳤다. 남편이 잘못될까 봐 울고 있던 아주머니 얼굴도 눈앞에 스쳐 지나갔다. 우리는 크게 숨을 한 번 내쉬고 봉합을 하기 시작했다. 한 땀, 두 땀, 세 땀……

"잘하는데요?"

송 교수가 우리를 응원해 주었다.

"도우리, 너 공부만 잘하는 게 아니었구나? 손놀림이 아주 섬세한데? 이 녀석 진짜 천재 맞구먼!"

옆에서 최현정 선생도 우리에게 엄지를 치켜올려 주었다.

초등학교를 다닌다면 지금 6학년. 키는 훌쩍 컸지만 아직 10대 초반의 어린이. 여덟 살에 검정고시를 보고 의대로 진학. 의대 예과와 본과 그리고 인턴까지 4년 만에 마친 천재. 그리하여 현재 대한민국 최연소 의사이자 우진병원 외상외과 전공의 1년차, 도우리.

우리는 다시 큰 숨을 쉬고 수술을 마무리하며 속으로 되뇌어 보았다.

그래. 나는 대한민국 최연소
외과 전공의 1년차,

열세 살 도우리다.

2.
닥터 헬기

 아빠, 나 오늘 첫 봉합 수술 성공!

 오올~ 정말이냐? 우리 아들 장하다!

우리가 식당에서 점심을 먹고 올라오며 메시지를 보냈는데, 아빠에게 금방 답이 왔다.

우리는 구름 위를 걷는 기분이었다. 인턴을 시작으로 전공의가 되고부터는 하루에도 몇 번씩 수술실에 들어가 수술을 참관하고 도왔지만, 늘 궁금하면서도 두려웠다. 환자의 배를 가르는 기분은 어떨까. 장기를 들추고, 때론 멈추지 않는 피와 싸워야 하는 순간엔 어떤 마음가짐이어야 할까.

사람의 생명이 걸린 일을 오롯이 혼자서 책임지고 해내야할 순간이 다가온다면 너무나 두려울 것 같았다. 아직은 미미하지만 오늘 우리는 그 첫 시작을 해냈다. 할 수만 있다면 하늘에 계신 엄마에게도 메시지를 보내고 싶었다.

간호사실을 지나는데 마침 화장실에서 나오던 최현정 선생이 우리를 불렀다.

"도 쌤! 잠깐 시간 있어요? 소개시켜 줄 사람이 있어서."

"누군데요?"

최현정 선생은 우진병원 외상 센터의 엄마 같은 존재다. 센터가 돌아가는 전체 상황을 훤히 꿰뚫고 있고, 의사와 간호사, 헬기 기장과 운항관리사까지도 모두 최 선생 지휘 아래에 있다고 해도 될 만큼 외상 센터의 실질적인 지휘관이나 마찬가지였다. 언제나 따뜻하고 다정하지만 환자 앞에서만큼은 냉철하기도 한, 우리가 가장 신뢰하는 분 중 하나다.

"오늘 신입 간호사 들어왔어요. 인사하라고."

최선생은 우리를 간호사실로 데리고 들어갔다.

"도 쌤, 이쪽은 오늘부터 근무할 신입 간호사 오하늘 선생. 그리고 이쪽은 우리 외상외과 전공의……."

"전공의 1년차 도우리 선생님이요. 우리나라 아니 전 세계 최연소 의사로 기네스북에 올라 있는 천재 중의 천재!"

하늘이가 말하자 최 선생이 반가워하며 말했다.

"오, 알고 있구나? 하긴 우리 도 쌤이 워낙 유명하니까."

우리는 하늘을 마주하고는 눈이 동그래졌다.

"아까…… 그?"

"안녕하세요. 아깐 매우 인상적이었어요."

하늘은 우리를 똑바로 쳐다보며 인사했다.

"뭐야, 둘이 벌써 인사한 거야?"

최 선생이 묻자 하늘이 말했다.

"아니에요. 잠깐 부딪혔었거든요."

"도 쌤, 알아 둬요. 우리 오 선생도 도 선생 못지 않은 천재라는 거! 하하하."

우리는 아직도 어벙벙한 채 하늘의 얼굴을 유심히 보았다. 분명 전에 어디서 본 것 같다는 느낌이 강하게 들었다.

"그럼 난 황기복 환자 상태 체크하러 갑니다."

최 선생이 시계를 보며 서둘렀다.

"참, 선배님! 황기복 환자 보호자분도 충격이 크셨는지 컨디션이 좋지를 않아서요. 알아보니까 보호자분도 뇌졸중 병력이 있으시고, 우리 병원에서 외래 진료 받고 계시더라고요."

하늘은 꼭 이미 오래전부터 여기에서 근무한 사람 같았다.

"그래? 흠. 일단 수술 잘 끝났다고 잘 말씀드리고 안심시켜 드려요."

"네, 그렇게 말씀드렸어요."

최 선생이 나가려다 다시 돌아서서 우리에게 말했다.

"도 쌤, 지금 바빠요?"

"아뇨, 30분 정도 시간 있어요."

우리가 아직도 멍한 얼굴로 대답했다.

"그럼 우리 오하늘 선생한테 닥터 헬기 안내 좀 부탁해도 될까요?"

"아, 네……."

우리와 하늘은 외상 센터 마당에 마련되어 있는 헬기장으로 향했다.

"얘가 바로 닥터 헬기."

하늘이 감탄을 연발하며 헬기 여기저기를 살폈다. 문이 잠겨 있어 외관밖에 볼 수 없었지만, 병원 한가운데 놓인 헬기의 위엄은 이곳이 다친 사람의 생명을 살리기 위해 촌각을 다투는 외상 센터라는 점을 보여 주기에 충분했다.

"헬기가 착륙한 다음에 환자를 실은 베드를 바로 소생실로 옮길 수 있도록 최소한의 동선을 고려해서 여기에 이착륙장을 만든 거야."

"도 선생님은 타 봤어요?"

"아직."

　하늘은 헬기가 신기한 듯 앞뒤로 왔다갔다하며 살펴봤다.
우리는 최 선생의 지시대로 헬기에 대해 설명했다.

　"닥터 헬기는 우리 외상 센터의 상징이라고 할 수 있어. 외
상 환자가 생겼을 때 최대한 빨리 환자에게 날아가기 위해선
헬기가 반드시 필요하니까. 헬기는 가까운 사고 현장이라면

언제나 출동할 수 있지만, 대신 날씨가 좋아야 해. 운항관리사님이 기상 상황을 체크하고 허락을 내주어야만 헬기가 이륙할 수 있어. 출발 전후에 의료 장비 체크는 기본이고, 매일 새벽마다 정비도 빼놓지 않고 해. 헬기가 이착륙하려면 넓은 공간이 필요하기 때문에 환자를 실을 수 있는 장소는 한정돼 있거든. 그래서 출동 전에 인계점을 정하는 거야. 인계점이 뭔 줄은 알지?"

"구급차에 먼저 실은 환자를 헬기에 옮겨 싣기 위해서 구급차와 헬기가 만나는 곳이잖아요. 혹시 사람 무시하는 버릇 같은 게 있는 건 아니죠?"

우리는 자신을 똑바로 쳐다보며 말하는 하늘의 눈빛에 잠깐 움찔했다.

"그렇게 들렸다면 미안."

"흠, 멋지다. 잘 부탁해."

"…… 뭘 부탁까지."

"그쪽 아니고, 덕디 헬기한테 말한 건데요?"

헐. 우리는 하늘이 생각보다 유치한 애라고 생각하며 시계를 보았다. 괜히 어색해서 몸이 근질거렸다. 최 신생이 부탁한 헬기 소개도 대충 끝났으니 자신의 임무는 마친 셈이었다.

"그럼 난 이만 시간이 다 돼서."

우리가 자리를 뜨려는데 하늘이 말했다.

"잠깐만요. 그런데 아까 일, 사과했으면 좋겠어요."

우리가 물었다.

"뭘?"

"뭐……라뇨? 아까 나한테 소리쳤잖아요."

우리는 오전에 수술실 앞 대기실에서 있었던 일을 떠올렸다.

"그땐 상황이 워낙 급해서 어쩔 수 없었어."

"보호자들한테 늘 그런 식인가요?"

우리는 뭔가 따지고 드는 것 같은 하늘의 태도에 조금은 기분이 나빠지려고 하는 참이었다.

"오하늘 선생, 난 의사고. 내가 해야 할 일은 환자의 생명을 구하기 위해 최대한 빠르고 정확한 처치를 하는 거야. 아까 같은 상황에 보호자를 달래고 위로할 시간은 없어. 더구나 환자나 보호자에 대한 지나친 감정 이입은 오히려 의사에게 위험한 거야. 그것도 몰라?"

"그런데 도우리 선생. 아까부터 왜 반말이죠?"

우리는 순간 당황했다. 하늘이 당연히 자신보다 어릴 거라고 생각했기 때문이었다.

"도 선생, 몇 살이에요?"

당황은 했지만 따지고 드는 하늘에게 질 수 없다.

"나? 13세 남성. 혈액형은 A RH+. 혈압, 맥박, 심전도 등 모두 정상. 다만 최근 호르몬 변화와 뇌 구조 재편으로 흔히 말하는 사춘기 증상을 약하게 겪고 있는 중. MBTI도 알려 줄까요, 오하늘 선생?"

"됐거든, 도우리! 필요 없어."

우리는 자세를 고쳐 섰다. 얘가 지금 나랑 싸우자는 건가?

"그러는 넌 왜 반말이야? 딱 봐도 나보다 어려 보이는데?"

"나? 13세 여성. 혈액형은 B RH+. 건강 상태 모두 정상. 다만 최근 호르몬 변화와 뇌 구조 재편으로 흔히 말하는 사춘기 증상을 심각하게 겪고 있는 중. 그래서 너 같은 밥띵에 잘난 체하는 사람들을 보면 매우 참기가 힘듦. MBTI는 INFJ! 됐니?"

우리는 어이없다는 듯 웃었다.

'뭐야. 나랑 동갑이었어?'

"너 정말 아직도 모르겠니?"

하늘이 물었다.

"우리 전에 만난 적 있어."

우리는 눈을 질끈 감았다. 그제
야 생각이 났다. 아까부터 어디서
본 것 같은데 기억이 안 나서 희뿌
옜던 머릿속이 한 방에 환해졌다.

"너, 혹시…… 5년 전 검정고
시 시험장?"

우리가 묻자 하늘이 고개를 끄덕
였다. 그랬다. 둘은 정확히 여덟 살
에 고졸 검정고시 시험장에서 만나 앞뒤
로 앉아 시험을 보았다. 그때 우리는 하늘에
게 지우개를 빌리기도 했었다.

"오하늘, 그럼 넌 아까부터 알고 있었단 말
이야?"

"당연하지. 너, 천재라더니 기억력은 내가 너
보다 한 수 위구나? 오전에 대기실에서 처음 만

낳을 때부터 알아봤는데 나는."

이럴 수가. 여기서 그 애를 다시 만나다니. 우리는 어안이 벙벙했다. 미국 코넬 대학교에서 인간 관계 지도를 실험한 바에 따르면, 지구상에 사는 누구든, 서로 전혀 모르는 두 사람이 연결되려면 단 세 단계만 거치면 된다고 했다. 물론 이론일 뿐 그만큼 지구촌이 작다는 이야기다. 아무리 그렇더라도 이건 우연치곤 너무 대단한 확률의 우연이 아닐까 우리는 생각했다.

하늘이 손을 내밀었다.

"잘해 보자. 그리고 잘 부탁해. 네가 나보다 이 병원 6개월 선배니까."

우리는 하늘이 내민 손을 어떻게 해야 할지 몰라 가만히 쳐다보았다.

"너 악수할 줄 몰라?"

쭈뼛쭈뼛 손을 내밀까 말까 망설이는 우리를 보며 하늘은 깔깔 웃었다. 그러더니 덥석 우리의 손을 잡아 팔을 아래위로 흔들어 악수하는 시늉을 했다. 우리는 당황스러우면서도 왠지 모르게 하늘에게 의문의 1패를 당한 것 같은 느낌이 들어 기분이 썩 좋지는 않았다. 그때 메시지 알림이 울렸다. 얼른 보니 힘찬이었다.

도 쌤 어디? 나 센터 뒤편.

 닥터 헬기 쪽요.

우리가 얼른 답을 했다. 그러고는 고개를 들어 하늘을 보았다.

"너에게 알려 줄 게 하나 있어."

우리가 말했다. 하늘은 새침한 표정으로 물었다.

"뭔데?"

"그때 그 검정고시 시험장에 우리 말고 초등학생 한 명 더 있었던 것 기억나?"

"응. 그때 우리가 학교에 다녔다면 1학년, 그 오빠 4학년이었지, 아마?"

"그 형, 지금 뭐 하게?"

"뭐야? 무슨 질문이 그래. 내가 그걸 어떻게 아니?"

"난 알아."

영문을 모르겠다는 얼굴의 하늘에게 우리는 회심의 미소로 말했다.

"저기 오네."

히늘이 눈이 동그래져서 우리가 가리키는 곳을 보았다. 힘
찬이 우리를 향해 손을 흔들며 다가오고 있었다.

"도 쌤, 오랜만이네."

"웬일이에요? 또 환자 싣고 왔어요?"

힘찬이 다가와 대답했다.

"응. 응급실에. 가는 길에 아까 아침에 실은 황기복 환자 어떻게 됐나 궁금해서. 벌써 뉴스에도 나간 모양이더라."

"수술은 잘 됐어요."

우리의 말이 끝나기도 전에 힘찬을 유심히 보던 하늘이 갑자기 소리쳤다.

"잠깐만! 그러니까 이분 그때 그…… 초4? 시험장에서 대성통곡했던?"

우리는 터져 나오려던 웃음을 참았다.

"강힘찬. 화산시 소방대원 1년차. 검정고시 시험장에서 시험 보기 싫다고 징징 울던 그 형. 형하고 나는 6개월 전에 여기서 처음 만났을 때부터 딱 알아봤지."

이번엔 힘찬의 얼굴에 물음표가 떠올랐다.

"그놈의 검정고시 얘기는 왜 또 하는데? 잠깐만, 도우리! 이 친구 혹시?"

힘찬이 하늘을 유심히 보며 말했다. 우리는 말없이 고개를 끄덕였다.

"헉. 대박!"

셋은 믿기 힘들 정도로 특별한 인연에 서로를 보며 웃을 수 밖에 없었다.

"너네 그날 받은 초콜릿이랑 사탕은 다 먹었냐?"

힘찬은 5년 전 그날의 기억을 떠올리며 깔깔거렸다.

3.
고소 공포증과 희망 편지

우리는 놀란 얼굴을 급하게 추스르며 다시 물었다.

"교수님, 다시 한 번만요. 뭐라고 하셨어요?"

김민주 교수는 컴퓨터 뒤에서 고개를 내밀고 말했다.

"비행 훈련 시작한다고. 다시 얘기해 줘?"

"제가, 벌써요?"

"왜. 문제 있어?"

"아, 아닙니다."

우리는 고개를 흔들었다.

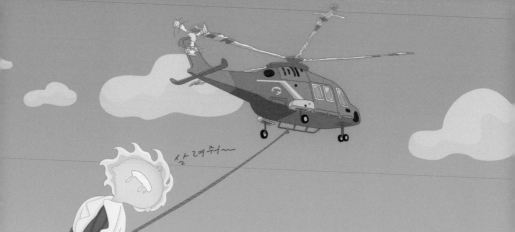

살려줘~

"외상외과 닥터가 헬기 타는 건 기본이잖아. 마침 오하늘 선생도 새로 왔으니 같이 하도록. 일단 시험 비행 5회 먼저."

아, 이럴 수가!

헬기를 탄다는 생각만으로 우리의 심장은 벌써 세차게 뛰고 있었다. 아니, 뛰다 못해 심장이 가슴 밖으로 튀어 나갈 것 같아 우리는 오줌이 다 마려울 지경이었다.

"오하늘 선생, 문제없지?"

김민주 교수가 하늘에게 묻자 하늘이 씩씩하게 답했다.

"네, 문제없습니다!"

우리는 자기도 모르게 하늘을 째려보았다. 하늘은 '뭐? 왜?' 하는 얼굴로 우리를 태연하게 바라보았다.

"됐어. 그만 나가 봐요."

김민주 교수는 다시 컴퓨터 모니터에 얼굴을 묻었다.

"왜 그래? 무슨 일인데?"

아빠는 피클을 접시에 담아내며 우리에게 물었다. 우리는 아까부터 소파에 얼굴을 묻고 끙끙거리는 중이다. 하연이가 다가가 우리의 머리를 쓰다듬었다.

"오빠, 말해 봐. 내가 해결해 줄게."

우리는 고개를 번쩍 들고 하연이를 바라보았다.

"네가? 정말?"

"당연하지! 고민이 뭔지 모르겠지만, 오빠도 희망 일기를 써 봐."

"희망 일기?"

"응. 요즘 우리 반 숙제인데, 일주일에 하나씩 내가 희망하는 일을 쓰고 그걸 위해 노력해 보는 거야. 그럼 신기하게 이루어 져!"

"요즘 초1은 그런 것도 하는구나. 그거 어떻게 하는 건데?"

"예를 들어서 나의 이번 주 희망이 '싫어하는 당근을 먹는 것.'이라고 해 봐. 나는 희망 일기를 주로 엄마한테 쓰는 편지로 적거든. 그럼 이렇게 쓰는 거야. '엄마, 나는 당근을 잘 먹게 되었으면 좋겠어요.' 라고."

"그리고?"

"그러고는 일주일간 당근을 먹기 위해 노력하는 거지. 대신 이룰 수 없는 희망은 쓸 수 없어. 예를 들면 '엄마, 엄마를 다시 만나고 싶어요.' 같은 건 안 돼."

하연이의 말에 우리의 마음이 사르르 아파 왔다. 하지만 하연이 앞에서 티를 낼 수는 없었다.

"오, 그렇구나. 그래서 효과가 있어?"

"완전!"

"지난주에 하연이 당근 한 개 다 먹었는데?"

아빠가 파스타 접시를 식탁에 놓으며 거들었다.

"오오, 진짜? 도하연 최고다!"

식탁에 앉은 우리는 좋아하는 새우가 잔뜩 들어간 토마토소스 파스타를 앞에 두고도 한숨만 나왔다. 우리는 이윽고 고민을 털어놓았다.

"비행 훈련해야 해요. 닥터 헬기."

"그래?"

아빠가 모른 척하며 말했다. 우리의 정곡을 찌른 건 하연이였다.

"오빠 고소 공포증 있잖아."

"그러니까 나 어떡하냐, 하연아. 오빠는 도저히 헬기 타고 하늘로 올라갈 자신이 없다고."

우리는 정말 울기라도 할 듯 얼굴을 찡그리고 있었다.

"도우리, 극복해야지. 언젠가는 닥칠 일인 거 알고 있었잖아. 네가 외상외과를 선택할 때 이미 마음의 결심을 해 둔 일 아니었어?"

아빠는 피클을 우리 접시 위에 놓아주며 달래듯 말했다.

"하지만 전 아직 준비가 안 됐다고요. 헬기에서 환자를 치료

하기는커녕 아마 제가 치료받아야 할 지경이 될걸요?"

"방법이 있어."

하연이가 말했다.

"무슨? 무슨 방법?"

"연습해야지. 당장 내일부터. 내가 일주일 동안 당근 먹는 연습했던 것처럼."

하연이는 신이 난 얼굴로 말했다.

"헬기 타는 연습을? 어떻게?"

"헐. 놀이공원이라니."

놀이공원. 우리가 세상에서 가장 싫어하는 곳 'top 3'에 드는 곳이다.

"우아! 우아! 너무 신난다!"

하연이는 신이 나는지 빙글빙글 돌며 난리였다. 오랜만에 아빠와 함께 휴일을 맞춘 우리까지, 온 식구가 나들이 겸 고소 공포증 대비 연습으로 놀이공원에 왔지만, 우리는 하늘 위를 날아다니며 소리를 지르는 사람들만 봐도 무릎이 내려앉는 것처럼 어지러웠다.

"매도 먼저 맞는 게 낫대!"

하연이는 가장 높은 곳으로 올라가는 바이킹을 타자고 했다. 우리는 한참 동안 바이킹을 째려보았다. 그래, 결심했어!

"설마 죽기야 하겠어! 할 수 있다, 도우리!"

우리가 한껏 크게 숨을 쉬며 스스로에게 최면을 걸었다.

세 가족은 바이킹 제일 뒤 꼬리 칸에 나란히 앉았다. 우리는 출발도 전에 이미 사색이 되어 있었건만, 야속하게도 아빠와 하연이는 신나서 속닥거리고 있었다.

그리고 드디어, 출발!

바이킹이 훌렁 움직이더니 빠른 속도로 하늘 위로 올라가기 시작했다. 우리는 반사적으로 온몸을 떨며 눈을 감았다.

"오빠, 눈 떠! 눈 감으면 더 무서워!"

하연이가 소리쳤지만 이미 하연이의 목소리는 우리에게 들리지 않았다.

"아아악! 아아아아아악! 으으으으으으. 나 내려 줘! 내려 달라고요! 이러다 나 죽어! 죽을 것 같아! 멈춰! 당장!!!!"

드디어 바이킹의 항해가 멈추고 완전히 땅으로 돌아왔을 때, 우리의 몰골은 말이 아니었다. 손발이 제멋대로 떨리고 입이 아래위로 아무렇게나 부딪히는가 하면 튀어나간 심장은 어디로 가서 찾아와야 할지 막막했다.

"오빠……, 괜찮아?"

"너는 내가 지금 괜찮아 보이냐?"

우리가 버럭 소리쳤다. 하연이와 아빠는 이미 후룸라이드를 타러 가자며 저 멀리 사라지고 있었다. 그때 우리의 눈에 눈물이 찔끔 나온 건 아무도 모르는 비밀이었다.

우리는 그 뒤로 후룸라이드와 롤러코스터, 자이로드롭을 탔고, 자이로드롭을 타고 내려왔을 땐 결국 하연이 앞에서 울음을 터트리고 말았다.

"엉엉엉. 난 더 이상은 못 하겠다고. 엉엉엉."

"하하하. 오빠, 그렇게 무서웠어? 그럼 디저트로 회전목마 같이 타 줄게. 나한테는 너무 시시하지만."

하연이와 아빠는 우리를 위로하는 뜻에서 마지막 코스로 회전목마를 함께 탔다. 아름다운 음악과 함께 천천히 도는 말 위에서 두 손으로 봉을 부여잡고 우리는 한숨을 쉬었다. 앞으로 닥터 헬기를 타고 다니며 어떻게 환자를 만날 수 있을지, 우리는 더욱 더 막막하기만 했다.

집에 돌아온 우리는 잠들기 전 책상에 앉아 하연이 말대로 희망 일기를 써 보았다. 오늘 하루의 노력과 우리의 희망이 모아져 내일부터 있을 닥터 헬기 시험 비행을 성공적으로 마칠 수 있도록, 하연이의 말을 들어 보기로 한 것이다.

똑똑.

"들어와!"

우리가 답하자 하연이가 문을 열고 얼굴을 쏙 내밀었다.

"오빠 괜찮아?"

"안 괜찮아. 너 때문에 오늘 내가 겪은 일을 생각하면 진짜, 혼내 줘야겠다!"

우리가 하연이에게 달려들자, 하연이는 비명을 지르며 우리의 침대로 들어가 이불을 뒤집어썼다. 우리는 그런 하연이가 귀여워 하연이 옆에 벌렁 함께 누웠다.

우리는 누군가와 친해지는 일이 세상에서 제일 어렵다. 아주 어릴 때부터 그랬다. 그래서 주변 사람들로부터 대부분 '차갑다', '냉정하다', '감정 표현에 서툴다'라는 평을 듣곤 했다. 그런 우리지만, 귀여운 동생 하연이는 떠올리기만 해도 그냥 마음이 따뜻해진다. 그래서 하연이에게만큼은 언제나 무장해제되곤 한다.

"오빠."

하연이가 우리를 향해 돌아누우며 물었다.

"왜?"

"오빠는 천재잖아."

"천재? 그런가? 뭐 다들 그렇다고 하니까. 근데 왜."

"천재가 고소 공포증 있는 거 알면서도 왜 헬기 타는 외상외과에 갔어? 바보 아니니?"

"음……. 그냥, 예전부터 하고 싶었어."

"외상외과 의사가?"

"응."

"근데 궁금한 게 있어. 아빠가 일하는 응급실하고 오빠가 일하는 외상외과하고 다른 게 뭐야? 둘 다 아픈 사람들이 급하게 가는 곳이니까 비슷한 거 아냐?"

"음....... 응급실은 어딘가를 크게 다치지 않더라도, 네 말대로 급하게 병원을 찾는 환자를 치료하는 곳이야. 예를 들면 고열이 나서 밤에 갑자기 병원에 가야 한다든가, 복통이 심하다든가, 고등어 구이를 먹다가 큰 가시가 목에 걸렸다든가."

"그럼 외상외과는?"

"외상외과는 몸이 심하게 다친 환자들을 주로 치료하지. 교통사고가 나거나, 높은 데서 떨어지거나, 뾰족한 것에 심하게 찔린다거나, 기계에 몸이 끼거나 눌려서 다치기도 하고, 가끔은 총에 맞은 환자들도 있어."

"말하자면 심각한 상처를 입은 사람들이네?"

"그렇지. 그러니까 되도록 빨리 병원으로 옮겨야 해. 얼마나 빨리 의사를 만나느냐 그리고 얼마나 빨리 병원에 오느냐가 환자의 생명과 직결되는 거야. 그러기 위해서 헬기가 필요한 거고."

"그럼 바로 수술해?"

"그렇지. 대부분 응급 수술을 하게 되는 경우가 많지."

하연이는 고개를 끄덕이며 생각하는 듯했다.

"어쨌든 오빠가 헬기를 타야 그 환자들이 오빠를 빨리 만날 수 있는 거네. 결국."

"맞아."

"오빠, 파이팅."

"뭐가?"

"오빠가 그렇게 대단한 일을 하는 줄 몰랐어. 내일 잘 하라고."

우리는 왜인지 모르게 마음이 따뜻해져 왔다. 다섯 살이나 어린 동생에게 칭찬을 들어서일까? 예상치 못한 사고로 크게 다친 사람들을 치료하고 구해 내는 일이, 어느 순간 우리에게는 당연한 일이 되어 버렸다는 생각이 들었다. 그게 '대단한 일'이라는 생각을 해 보지 않았었는데, 하연이의 말을 들으니 정말로 자신이 꼭 대단한 일을 하는 것 같아서 더욱더 사명감이 들었다.

'그래! 고소 공포증 따위, 문제가 될 수 없다!'

우리는 잠들기 전, 내일 할 일을 머릿속에 떠올려 보고 저녁에 써 둔 희망 일기를 다시 펴 보았다.

엄마, 내일 고소 공포증을 이겨 내고 시험 비행 잘 하고 싶어요.

우리가 막 초등학교에 입학하던 즈음에 우리의 엄마는 교통
사고로 돌아가셨다. 엄마는 우리가 민 두 살 때부터 한글도 가
르쳐 주고 수학도 가르쳐 준 우리의 선생님이기도 했다. 엄마
와 함께 배우는 건 뭐든 재밌었던 그때, 우리는 주변 가족들과
친인척들이 자신을 두고 천재라고 말했을 때도, 천재가 뭔지
잘 몰랐다. 기호로 이루어진 언어와 수학이 정말 재미있었고,
끊임없이 배우고 싶었다.

하지만 엄마가 돌아가시고, 학교에 적응을 잘하지 못하는
자신에게 좌절하면서 우리는 인생 최대의 위기를 겪었다. 자
신과 맞지 않는 학교 공부와 친구들 사이에서 방황하는 우리
에게 아빠는 홈스쿨링을 제안했고, 그렇게 우리는 학교를 그
만두었다. 그리고 그 즈음 결심했다.

'나도 엄마처럼 의사가 될 거야.'

검정고시를 보고, 대입을 치르고, 예과와 본과 공부를 마치
고 인턴 생활까지의 지난 4년이 우리에게는 고달프기도 했지
만 재미난 도전이기도 했다. 남들보다 디 빨리 한 단계씩 올라
설 때마다 어린아이가 대단하다는 사람들의 칭찬이 쏟아졌고,

뉴스나 신문 기사에 나가기도 했지만 우리에게 그런 건 별로 중요하지 않았다. 그저 엄마가 보고 싶을 때마다 공부할 뿐이었다. 새로운 걸 배우고 알아 나갈 때만큼은 엄마에 대한 그리움을 잠시나마 잊을 수 있었다. 그리고 우리에게 배운다는 것의 즐거움을 알게 해 준 엄마가 어디선가 지켜보고 있을 거라고 생각하면 언제나 힘이 났다.

"어서 오세요!"

박 기장이 헬기의 문을 열어 주며 말했다. 우리는 침을 꿀꺽 삼키며 닥터 헬기를 향해 걸음을 내딛었다.

"오늘 두 선생님 첫 비행이라고 날씨도 반겨 주는군. 시야가 아주 좋아요. 시계 비행을 할 예정입니다."

"시계 비행이요?"

하늘이 되물었다.

"시계 비행이라면, 시계를 보면서 하는 비행인가요?"

"쿡!"

우리가 웃었다. 하늘은 우리를 흘깃 보았다.

"하하, 그게 아니고. 시계 비행은 조종사가 직접 자신의 눈으로 지형을 보고 운항하는 방식이에요. 그에 반해 구름 속으로 들어간다거나 날씨가 좋지 않아 시야가 확보되지 않는 날엔 헬기 내부의 계기를 이용한 계기 비행을 해야 하고."

박 기장이 설명해 주었다.

"아, 그렇군요. 오늘 시계 비행 잘 부탁드립니다. 기장님!"

하늘이 씩씩하게 대답했다. 하늘은 오늘의 비행을 기다리고 기다렸다. 헬기를 타고 환자를 만나러 간다는 건 아무나 할 수 있는 일이 아니라고 생각했다. 아픈 사람을 돌보고 치료하는 일이 아니면 다른 일은 생각도 하기 싫을 만큼 간호사는 하늘의 꿈이 된 지 오래였다. 그러다 어느 다큐멘터리에서 외상외과 간호사가 닥터 헬기를 타고

환자를 이송하는 장면을 보게 되었다. 헬기 안에서 꺼져 가는 생명을 살려 내려 사투를 벌이는 의료진을 보고 결심했었다.

'나는 외상외과에서 일하는 간호사가 되고 싶어.'

"자, 1차 시험 비행입니다. 오늘은 헬기를 타고 적응하는 훈련을 할 거고, 2차와 3차 시험 비행에선 헬기 안의 의료 기구 사용법을 손에 익히게 될 겁니다."

함께 시험 비행에 나서 준 최현정 선생이 설명했다.

타다다다다다----!

헬기의 프로펠러가 돌아가기 시작했다. 우리는 감았던 눈을 떴다. 각종 의료 기구가 눈에 들어 왔다. 이미 눈에 익은 것들이고, 모든 기구의 사용법을 숙지하고 있었지만 갑자기 머릿속이 백지가 된 것처럼 모든 것이 낯설었다. 아무리 괜찮은 척하려 해도 손발이 떨려 오는 걸 막을 수는 없었다.

"왜 그래요, 도 쌤? 괜찮아요?"

하늘이 물었다.

"내가 왜요?"

아무렇지 않은 척 대꾸했지만 괜찮지 않다는 건 누구보다 우리 자신이 잘 알고 있었다.

이윽고 비행이 시작되었다. 우리는 최현정 선생과 하늘 앞
에서 망가지는 모습 같은 건 정말이지 보이고 싶지 않았다. 이
건 자존심 문제였다.

하지만 매우 곧, 우리의 자존심 따위는 처참히 무너지고 말
았다.

"아아아아아아아아아악! 으으으으으으으으! 저 내려 주세요!
오! 제발요~~~~~!"

최현정 선생과 하늘이 놀란 눈으로 자신을 쳐다보는 것이
보였지만, 우리는 곧 정신을 잃을 것처럼 혼미해졌다. 이건 자
이로드롭이나 바이킹과는 차원이 달랐다.

"아! 기장님, 저 내릴게요! 내려 수세요! 저 죽는나고요!"

같은 날 오후 8시경, 경인 고속 도로 인천 방향.

안전벨트 매라니까!

차가 움직이기 시작하면
반드시 안전벨트 매야하는 거라고
엄마가 몇 번을 말해!

잠깐만 빼고 있을게요.
속이 안 좋단 말이에요.

부우우우ㅇ

안 된다니까, 글쎄.

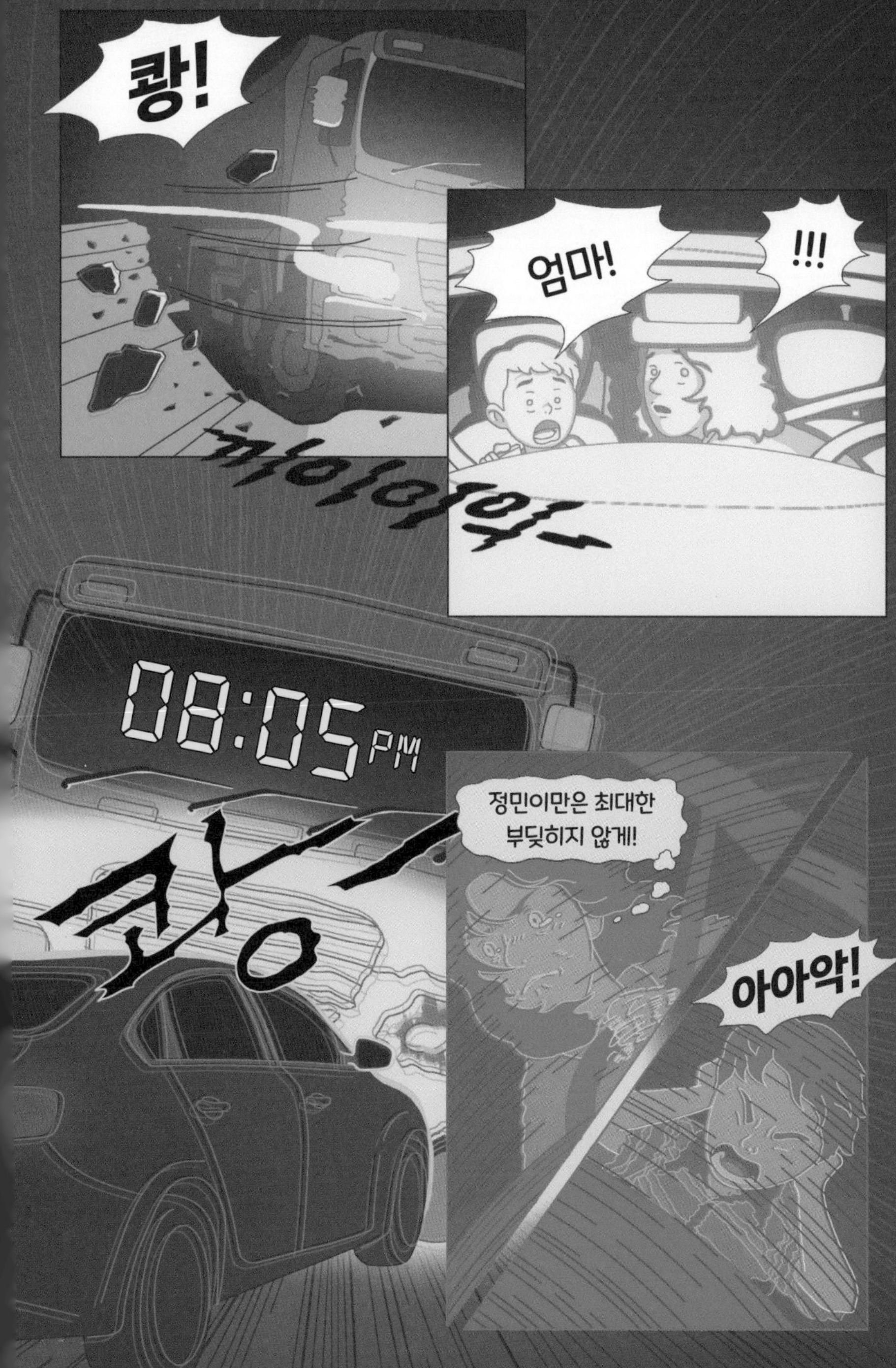
쾅!
엄마!
!!!
끼이이익
08:05PM
쾅
정민이만은 최대한
부딪히지 않게!
아아악!

4.
엄마의 눈물

　　김민주 교수는 팀원들을
불러모았다.

　　"기상 상황은?"

　　"시야 양호해요."

　　운항관리사가 말했다.

　　"오케이, 그럼 기장님 헬기 준비해 주세요."

　　"인계점은?"

　　박 기장이 물었다.

　　"고속도로에 바로 착륙할 거예요. 도로 통제하기로 얘기됐
어요. 도우리는 소방대랑 연락해서 계속 상황 파악하고, 최 선
생이랑 오 선생은 혈액 충분히 준비하고."

　　"헬기팀은요, 교수님?"

　　치현정 선생이 물었다.

"4중 추돌이라는데 중증 환자가 여럿이라 닥터 헬기 두 대가 움직여야 하니까, 병원으로 돌아올 때는 의료진이 나뉘어서 와야 해요. 도우리, 오하늘 선생도 일단 현장으로 갑니다. 할 수 있지?"

김민주 교수가 우리를 보았다.

"네."

우리는 대답했다. 다섯 번의 시험 비행 모두 우리에겐 정말로 힘든 과정이었다. 완전히 적응했다고 할 수는 없었지만 그렇다고 위급 상황에 도망칠 수는 없었다.

한편 힘찬은 사고 현장 파악에 여념이 없었다. 트럭이 중앙선을 넘어 엄마와 아이가 탄 승용차와 1차 충돌했고, 도로 양방향으로 그 뒤를 따라오던 다른 자동차들이 연쇄 추돌한 걸로 파악되었다. 더 자세한 상황 파악은 경찰의 몫이었다. 힘찬이 할 일은 사고 현장에서 다친 사람들을 구해 내고 중상자와 경상자를 구분해 응급 처치를 하는 것이다. 다행히 나중에 추돌한 차에 타고 있던 사람들은 크게 다치지 않은 것으로 보였다.

문제는 1차 추돌을 일으킨 트럭의 운전 기사와 승용차에 타고 있던 엄마와 아들이었다. 트럭은 추돌 후 방향을 틀어 산을 깎아 놓은 도로의 한쪽 벽면에 부딪힌 채로 발견되었는데 운

전자가 의식이 없는 상태였다. 승용차의 엄마는 도로의 가드 레일과 부딪힌 채로 에어백과 좌석 사이에 끼어 있었고, 의식이 있었지만 통증이 심해 보였다. 그리고 아이는, 차 밖으로 튕겨져 나간 상태였다.

힘찬은 아이의 맥박과 호흡을 체크했다. 아이는 미약하게나마 호흡하고 있었다. 그때 전화가 울렸다. 우리였다.

"도 쌤, 헬기는?"

"지금 출발해요. 15분 안으로 도착합니다. 상황은요?"

"일단 중상자는 세 명. 그중 아이가 있는데 차 밖으로 튕겨져 나왔고 아직 호흡은 있어. 급해 보인다."

우리와 김민주 교수 그리고 최현정 선생과 하늘은 서둘러 헬기로 향했다. 하늘이가 병원 현관을 나서며 우리의 어깨를 쳤다.

"도 쌤, 이거 받아요."

둘은 나이가 같지만 병원에서 일할 때 서로 존댓말을 쓰기로 합의했다. 의료진으로서 서로를 존중하는 것은 기본이다. 우리가 하늘의 손을 내려다보았다.

"뭐예요?"

"청심환. 신경 안정에 도움이 될 거예요."

"……."

"도 쌤을 위해서가 아니라 같이 타고 올 환자들 때문이에요. 고소 공포증이 거의 발작 수준이던데."

우리는 받을까 말까 하다가 말했다.

"괜찮은데요."

우리는 시험 비행에서 진상을 부린 것도 창피한데 자신을 도우려는 하늘의 배려가 불편했다. 더구나 헬기는 자신이 스스로 극복할 문제였다. 약의 도움을 받으면 안 될 것 같았다.

"괜찮다고요, 오 선생."

하더니 우리가 헬기로 뛰었다.

'뭐야. 쟤 진짜 진상이네.'

하늘은 우리 같은 스타일의 친구들을 잘 안다. 누구와 어울리는 게 힘든 아이들. 누구 도움도 받을 줄 모르고 남을 도울 줄도 모르는 친구들. 도우리는 공부는 잘했을지 몰라도 아마 친구는 없었을 거라고 하늘은 확신했다.

"도우리, 너 왜 그래?"

김민주 교수가 헬기 구석에 앉아 있는 우리에게 물었다. 우리는 절대 아래를 내려다보지 않겠다는 결심을 한 것처럼 눈을 꼭 감은 채 온몸을 덜덜 떨며 땀을 뻘뻘 흘리고 있었다. 누가 봐도 비명을 지르기 일보 직전이라는 걸 알 수 있었다.

"교수님, 도 쌤 고소 공포증이 있어요. 이 정도면 많이 양호해진 거예요. 지난번 시험 비행 때에 비해서요."

하늘의 말에 옆에서 최현정 선생이 쿡 웃음을 터뜨렸다.

"정신 차려, 도우리. 넌 이제 헬기에 환자를 싣고 와야 하는 의사야."

"네, 괜찮습니다!"

우리는 괜히 더 크게 소리쳐 보았다.

사고 현장은 아수라장이었다. 닥터 헬기가 착륙하고 김민주 교수를 비롯한 의료진은 재빠르게 사고를 당한 사람들의 다친 정도를 분류했다. 트럭 운전사와 아이의 상태가 가장 심각해 보였다. 아이의 엄마는 의식이 있었지만 머리에 피를 많이 흘리고 있었다. 복통을 호소하는 것으로 보아 장기 어디엔가 출혈이 의심되고 골반이 부러진 것 같은 증상도 보였다.

"환자분, 환자분! 제 말 들리세요? 이름이 뭐예요?"

최현정 선생이 아이 엄마의 팔을 흔들며 물었다.

"박…… 연희……."

"박연희 씨, 이제 곧 병원으로 갑니다."

"우리 정민이…… 아이……."

아이 엄마가 힘겹게 말을 이어갔다.

"정민이가 아드님이에요?"

엄마는 희미하게 고개를 끄덕였다. 그때 힘찬이 달려 왔다.

"트럭 운전사분, 상태가 너무 안 좋은데요."

"트럭 운전사를 헬기에 먼저 태웁니다."

김민주 교수가 말했다. 때마침 사이렌을 울리며 구급차 세 대가 연이어 도착했다.

김민주 교수는 망설였다. 남은 헬기에 누구를 태울지 결정해야 했다. 아이도 아이 엄마도 위험한 상황이었다. 엄마는 의식이 있다고는 하지만 출혈이 너무 심해 보였다. 복강 내 손상이 어느 정도인지 알 수 없어서 판단이 어려웠다. 그때였다.

"정, 정민이…… 빨리요……."

아이 엄마의 눈에서 눈물이 흐르고 있었다. 우리는 엄마의 눈물을 보았다. 알 수 없는 감정이 울컥, 올라왔다. 하지만 우리에게는 이 감정이 무엇인지를 돌아볼 시간이 없었다.

"교수님, 아이가 먼저예요. 뇌 손상이 의심됩니다."

우리가 말했다.

"그래, 아이를 헬기에 태우자."

김민주 교수가 결심한 듯 구급차 수송대원에게 물었다.

"병원까지 차로 얼마나 걸리죠? 아이 엄마는 구급차로 이송합니다."

"오늘이 금요일이라 차가 많아요. 대략 사오십 분? 아무튼 최선을 다해 보겠습니다."

아이와 엄마는 나뉘어 실렸다. 하늘은 구급차에 실리는 박연희 씨의 손을 꼭 잡고 말했다.

"정민이라고 했죠? 꼭 살릴게요. 엄마도 희망을 가지세요. 포기하지 마세요!"

구급차의 문이 닫혔다. 헬기 두 대에 김민주 교수와 하늘, 그리고 우리와 최현정 선생이 나뉘어 탔다. 이윽고 헬기 두 대가 동시에 이륙했다.

"병원까지 12분 예상합니다."

기장이 말해 주었다.

　병원을 향해 달리는 구급차의 모습이 멀어지는 것
을 지켜보던 우리는 제 앞의 베드에 누워 있는 아이를
돌아 보았다.

　"센터에 응급실 선생님들이 대기 중이에요. 응급실 팀원들
이 도울 거예요."

　최현정 선생이 말했지만 우리는 멍하게 환자를 바라보고 있
을 뿐이었다.

　"도 쌤."

　최현정 선생이 우리를 다시 불렀다. 우리는 혼란스러웠다.
최 선생의 목소리가 귓등을 타고 흘러 달아났다. 무엇을 어떻
게 해야 할지 하나도 생각이 나질 않았다.

지난 6개월간 소생실에서 하루가 멀다 하고 교통사고 환자를 치료했지만, 헬기로 날아와 교통사고 현장을 직접 본 건 처음이다.

그리고 우리의 엄마는 교통사고로 돌아가셨다. 조금 전 박연희 씨의 눈물을 본 후부터 자꾸만 엄마가 돌아가시던 그날 병원에서의 기억만 계속해서 머릿속에 흐르고 있었다.

"우리야!"

우리는 그제야 고개를 들었다.

"무슨 생각하는 거야. 환자를 살리기 위해 처치를 해야지."

우리는 순간 최현정 선생의 얼굴을 빤히 쳐다보았다. 자신을 불러 주는 최 선생의 말투가 어딘지 단호하면서도 따뜻했다. 우리는 정신이 번쩍 들었다.

"아, 죄송합니다."

맞아, 도우리. 넌 의사야. 엄마는 살리지 못했지만, 여기 있는 환자는 살릴 수 있어. 머릿속이 명료해졌다. 모니터를 보았다. 맥박과 호흡이 매우 좋지 않았다. 재빨리 기도를 확보했다. 최현정 선생이 연결해 놓은 라인으로 수액이 몸속으로 들어가고 있었다. 그런데 갑자기 아이의 호흡이 심상치 않았다.

"도 쌤! 심정지!"

우리는 침착하려고 애썼다. 심폐 소생술로 심장 압박을 해야 했다. 아이 옆에서 무릎을 꿇고 앉아 아이의 가슴 가운데를 압박하기 시작했다.

하나, 둘! 하나, 둘!

하연이 또래만 한 아이의 가슴이 너무 작아 압박하기도 미안할 정도로 조심스러웠지만, 멈춰 가는 아이의 심장을 반드시 다시 뛰게 해야만 했다.

예상대로 정민이는 머리 손상이 가장 심각했다. 아마도 차에서 튕겨져 나갈 때 머리로 유리를 깬 것 같았다. 검사 결과, 두개골 골절과 *경막 외 출혈이 있었고 수술이 응급으로 진행됐다. 뇌 손상이므로 신경외과 교수님 집도로 장장 다섯 시간에 걸친 긴 수술을 했다. 다행히 정민이는 잘 버텨 주었다.

우리는 1차 수술이 끝난 정민이를 집중 치료실로 옮기면서 헬기 안에서의 위험했던 순간을 떠올렸다. 우리와 최현정 선생이 번갈아 심폐 소생술을 한 끝에 가까스로 정민이의 심장이 다시 뛰었다. 헬기 안에서의 위기 상황은 병원에서와는 확연히 달랐다. 하늘 위에선 환자를 책임질 의사가 오직 자신밖에 없다고 생각하자 훨씬 더 긴장되었다.

하지만 그렇기 때문에 더욱 더 침착해야 했다. 고소 공포증 같은 건 생각할 겨를도 없었다. 헬기가 병원에 착륙했을 때 우리는 깨달았다. 환자의 상태를 체크하고, 심폐 소생술을 하는 동안 자신이 하늘을 날고 있다는 사실조차 깨닫지 못하고 있었다는 것을 말이다.

수술이 성공적으로 일단락되었나고 해도 우리는 걱정이 됐다. 심정지가 올 정도로 심각했던 상태이니만큼 수술 후 상황

*경막: 뇌를 보호하기 위한 막 중에 가장 바깥층을 이루는 두껍고 튼튼한 막.

도 아직 안정됐다고 보장할 수 없었다. 하지만 어쨌거나 큰 고비 하나는 넘은 셈이다. 우리는 그제야 크게 숨이 쉬어졌다. 지금까지 꼭 숨을 멈추고 있던 것처럼 어지러웠다. 다리가 쫙 풀리는 느낌이었다. 응급실로 이송된 박연희 씨의 소식이 궁금했지만 우리는 애써 찾아 묻지 않았다. 무소식이 희소식일 거라 믿으며 해야 할 일을 체크했다.

5.
철면피 VS 징징공주

"사망이요?"

하늘은 갑자기 손이 차가워지는 것을 느꼈다. 정민이의 엄마가 사망했다는 소식이었다.

"병원 도착 전에 이미 그렇게 됐대."

최현정 선생이 소생실에서 환자의 모니터를 체크하며 한숨을 쉬었다.

"정민이가 걱정이다. 내가 좀 보고 올게."

최 선생이 자리를 뜨고도 하늘은 그 자리에 선 채 중얼거렸다.

"그래도, 의식도 있었는데……."

하늘은 구급차를 타는 순간까지 희미한 의식을 붙잡고 정민이를 눈에서 놓지 못하던 박연희 씨를 떠올렸다. 박연희 씨는 아이를 먼저 헬기에 태워 달라고 애원했다. 그 덕분에 정민이는 살았는데, 정민이 엄마는 죽었다. 하늘의 눈시울이 뜨거워졌다. 하지만 울면 안 된다. 여긴 병원이다. 하늘은 얼른 화장실로 들어가 찬물로 세수를 했다. 자꾸만 빨개지는 눈과 얼굴을 연신 씻어 냈다.

하늘은 지금 자신이 할 일이 무엇인가를 생각했다. 그러고는 황기복 환자에게 처방된 약을 확인하고 수액을 챙겨들었다. 며칠 새 황기복 씨는 간단한 대화를 나눌 수 있을 정도로 회복이 되어 가고 있었다. 병실로 들어서자 황기복 씨가 눈인사를 했다.

"안녕하세요!"

하늘이 애써 밝게 인사를 건넸다.

"오늘 우리 어린 간호사님 근무날이네요."

병실에는 아주머니가 앉아 사과를 깎고 있었다. 아주머니는 하늘에게 깎은 사과 한 쪽을 내밀었다. 하늘이 사과를 받아 입에 넣었다. 상큼한 사과향이 입속 가득 퍼졌다.

"맛있어요. 고맙습니다."

그 때 우리가 병실로 들어왔다. 하늘이 수액을 교체하고 있는 중이었다. 우리는 황기복 씨와 아주머니에게 꾸벅 인사를 하며 환자의 상태를 확인했다.

"황기복 씨, 컨디션이 좋아 보이시네요."

우리가 말했다.

"네. 감사합니다."

황기복 씨는 말하는 게 조금 힘들긴 하지만 확실히 징후가 좋아 보였다.

"잘 회복되고 계시니까 걱정 마시고요. 간이 손상된 거라 절대 무리하시면 안 됩니다. 그리고 원래 갖고 계시던 지병인 심장 질환도 저희가 잘 체크하고 있어요. 목뼈 골절의 경우는 다행히 그렇게 심하지 않아서, 지금 처치 중이고요."

"재활 치료를 하게 되나요?"

"네, 맞습니다. 좀 더 회복하시면 재활 치료 받게 되실 거예요."

"수술 잘 해 줘서 정말 고마워요, 선생님."

"아, 수술은 제가 한 게 아닌데요. 저는 봉합만……."

말을 이어 가려던 우리는 하늘이가 자신을 뚫어져라 쳐다보고 있음을 느낄 수 있었다. 우리가 머뭇거리자 하늘이가 또박또박 말했다.

"환자분은 선생님께 의료진을 대표해서 감사하다는 말씀을 하시는 것 같아요."

"아……."

우리는 그제야 황기복 씨의 말뜻을 알아차리고 겸연쩍게 웃
었다.

"이거 하나 들어요. 아니, 아직 이렇게 어려 보이는데 벌써
의사가 돼서 수술도 하고, 대단한 청년이네. 정말."

아주머니가 우리에게 사과를 내밀었다.

"아뇨, 됐습니다. 괜찮아요."

우리는 다시 인사를 꾸벅 하고 서둘러 병실을 빠져나왔다.
뒤이어 하늘이가 따라 나오며 옆에 섰다.

"그러면 아주머니가 무안하시잖아요."

"뭘요."

우리는 빠르게 걸으며 무심히 대꾸했다.

"그리고 그게 뭐예요? 감사하다는 분한테 수술은 제가 한 게 아니라뇨. 국어 실력 그거밖에 안 돼요? 문맥 몰라요?"

툭, 우리가 멈춰 섰다.

"저기요, 오 쌤."

"왜요, 도 쌤."

우리는 이번엔 제대로 따져 볼 참이었다. 왜 자꾸 나한테 간섭하고 참견하는 거지, 얘는? 그런데 하늘의 눈이 빨개져 있었다. 꼭 운 것처럼 코끝도 빨갰다.

"눈이 왜 그래요?"

"아니에요."

"무슨 일인데요?"

하늘이 대답 없이 우리를 앞질러 가기 시작했다. 우리는 혹시나 하는 마음에 하늘에게 물었다.

"응급실에서 연락 왔어요?"

앞서가던 하늘이 돌아섰다.

"박연희 씨, 응급실로 이송됐다던데."

"……사망했어요."

하늘의 말에 우리의 가슴이 쿵, 아니 정확히 말하면 심장이 내려앉는 것처럼 순간 숨이 막혔다.

"사망이요?"

"병원 도착 전에요."

우리는 애써 마음을 다잡고 고개를 끄덕였다.

"헬기에 탔다면 살았을 거예요."

하늘이 말했다. 우리는 받아쳤다.

"아이가 먼저였어요. 중증도로 판단했을 때."

"나도 알아요. 그렇지만, 정민이가 깨어나면……."

하늘은 다시 울 것 같은 얼굴이 되었다.

"그건 우리와 상관없는 일이고요."

우리는 서둘러 자리를 뜨고 싶었다. 점심에 서둘러 먹은 김밥이 갑자기 위 어딘가에서 소화를 멈춘 것처럼 얹힌 느낌이었다.

"상관없는 일이라고? 정민이가? 도우리 너 진짜 짜증난다."

우리는 눈살을 찌푸리며 하늘을 보았다.

"여기 병원인데요. 반말 금지입니다."

"넌 마음도 없니? 천재들은 다 그래?"

"나 천재라고 한 적 없는데."

"너 누군가한테 도움 받아 본 적 없지? 그러니까 누굴 진심으로 도와줘 본 적도 없을 거고."

"그래서?"

"수술만 잘하면 의사야? 환자만 살려 내면 다야? 의사도 사람이고 환자도 사람이야. 너 같은 의사들한테 상처받는 환자들 많거든. 철면피!"

철면피? 그건 우리가 가장 싫어하는 말이다. 우리도 자신의 약점을 잘 알고 있다. 주변 사람들과 편안하게 잘 지내고 싶지만, 그건 우리 뜻대로 되는 게 아니었다. 특히 사람들의 속마음을 판단하는 게 어려웠다. 학교에 입학하고서도 그랬다. 친구들의 이야기에 제대로 대응하는 것이 힘들었고, 그래서 오해를 많이 받다 보니 아예 감정을 숨기는 게 더 편했다.

'나한테 철면피라니. 이건 인신공격이야!'

우리는 지고 싶지 않았다.

"그래서. 넌? 운다고 뭐 달라지는 거 있어? 내가 철면피면, 넌 징징공주?"

우리가 받아치자 하늘의 얼굴이 일그러졌다.

"하! 기가 막혀! 눈앞에서 살아 있던 환자가 몇 시간 만에 죽었는데 아무렇지 않은 네가 훨씬 더 이상하거든?"

"글쎄. 난 징징거리는 건 영 별로라."

"말해 봐. 너 마지막으로 울어 본 게 언제야?"

"그게 왜 궁금한데? 내가 그걸 너한테 왜 말해야 하는데? 오하늘, 잘 들어. 여긴 학교가 아냐. 알아? 여긴 일터야. 더구나 사람 생명을 다루는 곳. 네 감정에 휩싸여서 다른 환자들한테 실수라도 하면 어떡할래."

하늘이 우리를 노려보고 있었다.

"그리고 난 원래 남의 일에 큰 관심 없거든. 누가 나한테 관심 갖는 것도 불편해. 그러니까 나한테 이러쿵저러쿵 자꾸 끼어들지 좀 말아 줄래?"

하늘은 자세를 가다듬고 우리에게 말했다.

"아, 그러시군요. 죄송합니다, 도 선생님."

돌아선 하늘은 몇 발자국 가다가 다시 돌아서서 우리를 향해 말했다.

"아, 그리고 7번 베드 낙상 환자분 통증 호소하십니다. 진통제 처방 부탁드릴게요."

"네, 그러죠."

우리는 대답했다. 그러고는 체한 것 같은 속을 부여잡고 스테이션으로 가서 진통제 오더를 내렸다. 집중 치료실과 중환자실 현황을 점검하고, 차트도 썼다. 일주일 전 계단에서 넘어져 머리 뒤쪽을 다친 환자의 상처도 치료했다.

그러면서도 자꾸만 자신보다 아이를 헬기에 태워 달라고 힘겹게 말하며 울던 정민이의 엄마가 떠올라서 괜히 짜증이 났다. 결국 소화제를 찾아먹으면서, 떠올리고 싶지 않은 일을 떠올리지 않게 해 주는 약이 있으면 얼마나 좋을까 하는 말도 안 되는 생각을 하던 참이었다.

'띠링.'

핸드폰 메시지 알림음이었다. 힘찬이었다.

 트럭 운전사 졸음운전이었다 함.
도 쌤, 박연희 환자 어떻게 됐어?

졸음운전이라니. 우리는 한숨이 나왔다. 한순간의 졸음운전으로 인해 한 아이는 의식 없이 사경을 헤매고 있고, 아무 잘못도 없는 아이의 엄마가 죽었다. 아무 예고도 없이 말이다. 우리는 잠깐 망설이다가 답을 했다.

 사망했어요.

힘찬은 더 이상 답이 없었다. 그때였다.

울컥.

정말로 떠올리고 싶지 않았던 그 날의 기억을, 결국 우리는

떠올리고 말았다.

"사망하셨습니다."

5년 전 그 날, 의사의 그 말을 우리는 정확히 기억한다. 엄마의 사망을 선고하던 의사의 목소리와 음색, 그리고 주변의 탄식, 응급실 소독약 냄새, 심지어 그날의 날씨까지도 정확히.

엄마가 하얀 천으로 덮이던 일, 아빠가 엄마를 부르며 울부짖던 일, 엄마가 누워 있던 베드가 어디론가 끌려가던 일. 그 모두가 잔인할 정도로 생생하게 우리의 머릿속에 저장되어 있었다. 엄마는 사고 현장에서 빠르게 병원으로 오지 못했다. 벚꽃이 한창 흐드러지던 주말 오후였고, 엄마를 태운 구급차는 꽉 막힌 도로에서 속도를 내지 못했다.

우리의 엄마는 우진병원 응급의학과 의사였다. 우진병원에 외상 센터가 아직 생기지 않았던 그때, 엄마는 골든 아워를 지나 병원에 도착하는 환자들을 늘 안타까워했다. 빨리 의사를 만났더라면 살 수 있던 환자들이 떠나는 걸 마주할 때마다 의사로서 무력감이 느껴진다고, 아빠와 집에서 맥주를 마시며 하는 이야기를 우리는 자주 들었다.

결국 엄마도 골든 아워를 한참 지난 시각에 병원에 도착했고, 병원 도착 전에 이미 심정지가 여러 번 왔다고 한다. 병원에 도착한 엄마는 의료진의 사투로 잠시나마 혈압과 맥박이 희미하게 돌아왔었지만 결국 버티지 못했다. 엄마의 친구였던 김민주 교수도, 응급실 간호사였던 아빠도 엄마를 살려 내지 못했다.

사고 소식을 듣고 외할머니와 함께 병원에 와서 엄마가 돌아가시던 그 순간을 목격한 바로 그날, 우리가 어떤 남자 의사 선생님에게 들었던 그 말.

"사망하셨습니다."

애써 외면하고 있던 그 말을 우진병원 외상 센터에 와서 몇 번이고 들었어도 괜찮았는데, 오늘 박연희 환자의 사망 소식을 힘찬에게 문자로 전달하면서 그만, 그날의 감정이 고스란히 떠올라 버린 것이다.

으흐흐흑.

순식간이었다. 우리가 스스로 마음을 다잡을 새도 없이 울음이 터져 나왔다. 우리는 뛰었다. 어디론가 가야 했다. 계단을 두 개씩, 세 개씩 뛰어 내려가 병원 뒤쪽 현관으로 나갔다. 닥터 헬기를 지나 오른쪽으로 200미터쯤 가면 응급실로 갈 수 있다. 발걸음이 저절로 아빠에게 향했다. 아빠는 아직 근무 중일 것이다. 닥터 헬기를 지나 막 뛰는데 아빠가 보였다.

"우리야."

우리는 그대로 아빠에게 뛰어가 품에 안겼다.

"엉엉엉. 엉엉엉."

우리는 아이처럼 울었다.

"녀석, 너 이럴 줄 알고 보러 가던 길이었는데. 텔레파시가 통했구나."

아빠는 우는 우리의 등을 쓸어 주었다.

"엄마가 얼마나 아팠을까요. 엄마는 아프면서도 나랑 하연이 생각하면서 얼마나 슬펐을까요."

"아마도 많이."

아빠가 가만히 말했다.

"헬기가 있었다면 엄마도 살았을 거예요."

아빠는 우리를 떼어 내며 얼굴을 쓸어 주었다.

"그런 가정은 의미가 없지. 우리야, 대신에 지금은 엄마를 생각하면서 만든 외상 센터가 있고, 이렇게 여기 닥터 헬기도 있잖아."

"그래도 엄마는 없잖아요. 엉엉엉."

"……."

"엄마는 없잖아요. 엄마 너무 보고 싶어요. 엉엉엉. 엄마아."

우리는 어린 아이처럼 울었다.

"아이고, 우리가 아직은 어린 아이라는 걸 아빠가 자꾸 잊어버리네."

엉엉엉. 흑흑흑.

팽!

우리는 아빠가 건네준 손수건에 코를 풀며 아직도 멈추지 않는 울음을 삼키느라 꺽꺽거렸다.

팽!

다시 한 번 코를 풀고 눈물을 닦으며 고개를 들었다. 어둑해진 병원 뒤뜰에 조명이 켜지기 시작하는 시간이었다.

혁.

우리는 뒤로 놀라 넘어질 뻔했다. 저 앞 조명 아래 하늘이 서 있었다. 하늘은 끼어들어야 하나 말아야 하나 망설이고 있는 것처럼 보였다.

"아, 나는 저기. 헬기 물품 점검하러."

우리와 눈이 마주친 하늘은 쭈뼛거리며 말했다.

"누구?"

아빠가 하늘을 보며 물었다. 하늘이 고개를 꾸벅 숙였다.

"외상외과 간호사 오하늘입니다."

"아, 그 새로 온? 응급실에도 소문이 자자하던데. 천재 간호사라고."

"아, 아니에요."

우리는 병원에 있을 리 없는 쥐구멍을 찾고 있었다. 쥐구멍이라도 있으면 숨고 싶다는 말은 오늘 이 시간의 자신을 위해 만들어 낸 말인 것만 같았다. 감정에 휩싸이지 말라는 둥, 징징 공주라는 둥, 여기는 학교가 아니라 일터라는 둥의 대왕 잘난 척을 한 지 채 두 시간도 지나지 않았는데 이 무슨 창피한 시추에이션? 아, 정말 오늘 하루는 왜 이렇게 긴 거지?

우리는 헬기를 탄 것도 아닌데 어지러워서 두 눈을 질끈 감아 버렸다.

6.
중요한 건 혼자가 아니라는 것

하늘이 겪은 외상 센터는 언제나 바빴다. 때론 숨이 턱에 찰
지경이었다. 학교에서 책으로 배우면서, 그리고 학생으로서 환
자를 마주하고 실습하면서 만나 온 현장과는 다른 부분도 많
았다. 자신이 맡은 시간에, 자신이 반드시 책임져야 할 환자 앞
에서는 항상 긴장되었고, 때로는 아찔하기도 했다.

헬기 안이 환자의 출혈로 피투성이가 될 때, 환자가 고통 때
문에 소리칠 때, 의식 없이 늘어진 환자의 혈압과 맥박이 뚝뚝
떨어질 때, 응급 수술실로 베드를 옮기면서 환자가 죽음에 가
까워질 수 있다는 사실을 마주할 때마다 두려움과 공포를 견
뎌 내야 했다. 외상 센터는 열세 살이라고 봐줄 수 있는, 그래
서 실수가 용납되는 그런 곳이 아니다.

하지만 중요한 건 혼자가 아니라는 것이었다. 외상외과는
다른 어느 과보다 의료진의 협력이 중요하다. 선배 간호사도,
환자를 무한 책임지는 의사도, 현장에서 응급 처치를 하고 환

자를 이송하는 소방대원도, 헬기를 운전하는 기장님도 모두 한 팀으로 서로를 도왔다. 뿐만 아니었다. 환자의 손상 부위가 어디냐에 따라 병원 다른 과의 의료진들 사이에서 협진이 수시로 이루어졌다.

헬기를 타고 환자에게 날아간다는 건 어느 하루의 이벤트가 아니다. 외상외과에서 그건 매일의 전쟁 같은 일상이다. 외상센터 의료진들은 누군가가 갑작스레 맞게 된 일생일대의 사고에서, 그 누군가의 생명을 지키기 위한 일상을 살아가고 있다. 하늘은 자신이 그 의료진 중 한 명이면서도 그들에게 감사하는 마음으로 매일 출근하고 퇴근했다.

"선배님, 도 쌤은 오늘도 못 온대요?"

최현정 선생은 컴퓨터 모니터 앞에서 환자 현황을 체크하며 말했다.

"많이 아픈가 봐. 어휴, 그럴 만도 하지. 지난 6개월을 거의 하루도 못 쉬고 일했으니."

하늘은 고개를 끄덕였다. 이틀째 출근하지 못하고 있는 우리가 조금씩 걱정되기 시작했다.

"오 쌤, 집중 치료실 환자 컨디션 살펴보고 특이사항 있으면 보고해. 나는 김민주 교수님 회의 들어간다."

"네!"

정민이는 아직 깨어나지 못하고 있었다. 삼일째였다. 넋이 나간 듯한 얼굴의 정민이 아빠가 대기실과 장례식장을 오갔다. 간호사들 모두 정민이의 회복을 위해 최선을 다했다. 엄마가 살린 이 아이가 깨어나기를 의료진 모두가 바라고 있었다. 정민이와 연결된 모니터의 *바이탈을 체크한 후 정민이의 얼굴을 잠깐 보고 돌아서는데 메시지 알림이 울렸다.

외상 센터 대화방이었다.

소방대 안산119. 60대 남. 계단에서 구름.

의식 있고 머리 쪽 출혈 심함. 100/80.

김민주 헬기 확인 바랍니다.

헬기팀 5분 안에 출발합니다.

소방대 인계점. 안산 공원 주차장

*바이탈 : 맥박, 호흡, 체온, 혈압과 같이 환자의 건강 상태를 가장 기본적으로 확인할 수 있는 요소.

닥터 헬기가 곧 이륙할 것이다. 하늘은 최현성 선생을 도와 헬기 물품을 점검했고, 최 선생과 김민주 교수가 헬기를 타고 현장으로 가면 남은 하늘과 다른 간호사들은 환자를 맞을 준비를 해야 한다. 헬기가 이륙하는 것을 보고 돌아서는데, 하늘이 힘찬과 마주쳤다.

"하이, 오 쌤!"

힘찬이 손을 번쩍 들었다.

"안녕하세요, 강 대원님. 환자 싣고 오셨어요?"

"방금 응급실에 왔다 가는 길이에요."

"잠깐 음료수 드실래요?"

"앗, 이게 웬 횡재?"

힘찬은 이름처럼 언제나 힘이 넘쳤다. 5년 전 시험장에서 시험 안 본다고 떼쓰던 그 힘찬의 모습이 겹쳐지면서 하늘은 혼자 슬쩍 웃었다.

"도 쌤은 오늘도 아직?"

"많이 아프다나 봐요."

하늘이 자판기에서 음료를 꺼내어 힘찬에게 건넸다. 잠깐 의자에 앉자마자 긴장이 풀어졌다. 생각해 보니 오늘 오전은 한 번도 앉은 적이 없을 정도로 바빴다.

"그 녀석, 그럴 만도 하지."

"매일이 강행군이었으니까요."

"그것도 그렇지만 박연희 씨 사망하면서 충격이 컸을 거야."

"충격이요?"

철면피처럼 차갑게 말하던 우리가 떠올라 하늘은 의아했다.

"아, 모르는구나. 하긴 나도 선배한테 들었으니까."

"무슨 일인데요?"

"흠. 우리의 엄마가 이 병원 응급실 닥터였던 건 알아?"

하늘이 고개를 끄덕였다.

"들었어요."

"교통사고로 돌아가셨어. 몇 년 전에. 벚꽃 축제 때문에 그날 도로에 차들이 엄청 많았대. 병원으로 오는 게 너무 늦어져서 결국……."

하늘은 놀라지 않을 수 없었다. 우리에게 그런 사연이 있는 줄은 꿈에도 몰랐다. 그날 닥터 헬기 뒤에서 아이처럼 울던 우리의 모습이 머릿속으로 스쳐 지나갔다.

"김민주 교수님이 그때 우리 어머니 담당의셨고, 그 사고를 계기로 외상 센터 유치하려고 무지 애쓰셨었지. 그리하여 마침내 2년 전 우진병원 외상 센터 오픈."

하늘이 고개를 끄덕였다. 그런 사연이 있는 줄도 모르고 우리에게 쏘아붙인 게 미안했다. 힘찬은 다시 소방 본부로 돌아가야 한다며 서둘러 일어섰다.

"우리 검정고시 동기끼리 언제 한번 뭉치자. 마라탕이라도 먹으러 갈까?"

"좋아요!"

힘찬이 떠나고 30분도 안 되어서 헬기가 도착했다. 헬기에서 환자의 베드를 내리고, 하늘과 의료진은 서둘러 환자를 소생실로 옮겼다. 매뉴얼대로 의료진이 양쪽에서 환자의 상태를 체크하고 엑스레이를 찍고 심전도 검사와 혈액 검사를 진행했다.

"환자분, 이름이 뭐예요?"

"어디가 아프세요?"

하늘이 환자에게 물었다. 의식이 있는지 점검하고 통증 부위를 확인하기 위해서다. 이번 환자는 김민주 교수의 집도로 수술을 받을 예정이었다. 하늘은 수술실 간호사들에게 상황을 알리고 치료실과 중환자실의 남아 있는 병상을 확인했다.

그날 오후, 우리는 병원으로 돌아왔다. 우리가 김민주 교수의 방문을 열고 인사를 했다.

"죄송합니다. 저 돌아왔습니다."

김 교수가 우리에게 곱지 않은 시선을 보냈다.

"좀 더 쉬라고 했잖아. 내 말이 우습니."

우리는 우리답지 않게 머뭇거렸다.

"이제 괜찮아졌어요."

"대화방 알림 꺼 두라고 했는데, 계속 보고 있었지?"

우리는 슬며시 웃었다. 대화방 알림을 꺼 두어도 소용이 없었다. 환자가 얼마나 들어오는지, 어떤 환자가 어디서 발생했는지 궁금해서 수시로 체크하지 않고는 배길 수가 없었다.

"무리하지 마라."

"네."

우리는 꾸벅 인사를 하고 방을 나왔다. 깐깐하고 무섭지만 누구보다 우리와 외상 센터 의료진을 걱정하는 김 교수의 마음이 괜히 믿음직스러웠다. 김 교수는 현장에서 얼음같이 차가워지곤 했지만, 외상외과 의료진에게 단 한 가지 면에서만큼은 관대했다. 어떤 일이 있어도 아프면 충분히 쉬어라, 한다. 아픈 사람들을 치료하는 의료진이 아파서는 절대 안 된다고 했다.

서둘러 집중 치료실로 환자들을 보러 가는데 복도에서 하늘을 만났다.

아, 이런.

우리는 멈칫했다. 그날 우는 모습을 들킨 후, 그 장면을 떠올리는 것만으로 얼굴이 빨개지곤 했는데 돌아오자마자 하늘과 마주친 것이다.

"오늘 안 나온다고 들었는데요, 도 쌤."

"아, 그게……. 이제 괜찮아요."

우리가 말했다.

"오늘 새로 들어온 환자 아직은 한 명이고, 방금 교수님이 수술 끝내셨어요. 다른 특이점 없습니다."

"네, 지금 보러 가려고요. 고마워요."

하늘이 우리 곁을 빠르게 지나갔다. 휴. 한숨이 새어 나왔다. 정말이지 오랜만에 호되게 아팠다. 아빠가 처방받아 온 약을 먹고도 고열에 들떴고, 팔과 다리가 너무 아파서 계속 끙끙거렸다. 그 와중에도 병원이 걱정되어 수시로 깨어났는데, 아빠는 병원밖에 모르던 그 모습이 엄마를 꼭 닮았다며 옆에서 웃었다.

'나는 정말 엄마를 닮은 게 확실한가 보다.'

우리도 생각했다. 병원에 오니 이렇게 마음이 편할 수가 없다. 오늘 센터에 들어온 환자를 체크하고 필요한 처방을 내리고 나니 어느새 점심시간이 훌쩍 지나 있었다.

"점심 안 먹었죠? 같이 갈래요?"

하늘이 나타나 물었다. 굳이 오하늘이랑, 싫었지만 그렇다고 딱히 거절할 이유도 없었다.

"오늘 메뉴 갈비탕이던데. 내 최애거든요."

식당에 들어가니 김민주 교수와 최현정 선생, 마취과 송민섭 교수, 그리고 수술실 간호사 두 명이 함께 점심 식사 중이었다. 모두가 늦은 식사였다. 환자들과 사투를 벌이다 보면 늘 벌어지는 일이다.

"오 쌤, 도 쌤, 여기로 와요!"

최 선생이 손을 흔들었다. 우리와 하늘은 식판에 밥과 반찬을 담아 모두가 모여 있는 테이블에 함께 앉았다.

"둘이 동갑이라며?"

마취과 송 교수가 후식으로 나온 요구르트를 마시며 물었다.

"네."

하늘이 대답하자 수술실 간호사가 놀라며 대꾸했다.

"진짜? 도우리 쌤 좋겠다. 친구도 생기고. 혼자 너무 어려서 외로웠는데."

친구? 우리가 친구인가? 우리는 잠깐 생각했다. 친구라고 하기엔 뭐 하나 맞는 게 없다.

"그래서, 오 쌤은 병원 일 괜찮아요?"

송 교수가 하늘에게 물었다.

"네. 아직은 서툴지만요."

"뭐얼. 일 잘한다고 벌써 소문 다 났던데."

송 교수는 흐뭇한 표정으로 하늘을 보았다.

"오하늘 쌤도 우리 도 쌤처럼 여덟 살에 고등 검정고시 보고, 막 그랬다면서요?"

수술실 간호사의 말에 하늘은 부끄러운 듯 고개를 끄덕였다.

"진짜 둘 다 천재 맞네. 아니, 그럼 여덟 살에 막 함수, 미적분 이런 걸 했다는 거예요? 그게 가능해?"

그러자 듣고 있던 최현정 선생이 끼어들었다.

"이 둘은 그걸 했다는 거죠. 그러니까 천재지. 근데 또 있어. 소방대 강힘찬 대원. 지금 열여섯 살이라던가? 그 친구도 같은 검정고시 동기라던데?"

우리가 밥을 먹다 말고 눈이 동그래졌다.

"그걸 어떻게 아세요?"

"강 대원이 얘기해 주던데?"

'흠. 가만 보니 소문의 시작은 항상 강힘찬 형이군.'

우리는 생각했다.

"이제 열은 없는 거니?"

김민주 교수가 우리에게 물었다.

"참, 아팠다면서? 쯧쯧."

송 교수가 혀를 찼다.

"도우리가 아프다고 해서 우리 다 걱정했지 뭐냐. 웬만해선 병원에 안 올 녀석이 아닌데, 그러면서."

"죄송합니다."

"아무튼 난 도우리가 힘든 내색하는 거 지금까지 한 번도 못 봤으니까."

하늘이 우리를 보았다. 우리는 무안한지 말없이 괜히 밥을 휘적거렸다.

"저는 도 쌤이 당황하는 것도 못 봤어요. 왠지 찔러도 피한 방울 안 날 것 같은 이미지랄까."

수술실 간호사도 맞장구쳤다.

"어린데도 너무 담대하고 침착하다니까요? 도 쌤, 잘 울지도 않죠? 울 때도 있긴 해요? 마지막으로 울어 본 게 언제예요?"

우리는 갑자기 캑 목이 막혔다.

"나도 못 본 것 같다, 우는 건."

김민주 교수까지 합세했다.

"최 선생은 본 적 있나?"

송 교수가 물었다.

"아아뇨."

모두의 관심과 원치 않았던 오해에 급기야 우리의 얼굴이 빨개졌다.

"엇, 그거 설탕인데?"

우리가 당황한 나머지 식탁에 있던 설탕을 갈비탕에 넣으려고 하고 있었다. 우리는 소금병을 집어들며 슬쩍 하늘을 보았다. 하늘은 갈비탕 국물이 맛있는지 연신 국물만 홀짝이고 있었다.

우리는 간호사실 앞에서 망설였다. 하늘에게 뭐라고 말해야 할지 결론이 나지 않아 문 손잡이만 만지작거리는 중이었다. 병원에서 엉엉 우는 걸 본 적 있다고 말하지 않아 줘서 고맙다고 해야 하나? 아니면 그때 징징공주라고 해서 미안하다고 해야 하나?

"뭐 해요, 도 쌤?"

우리는 놀라서 돌아섰다. 하늘이였다.

"문 앞에서 뭐하느냐고요. 들어갈 거예요?"

"아뇨! 아니, 그게…… 아니고 들어갈 수도 있고 아닐 수도 있고."

우리의 이상한 대답에 하늘은 고개를 갸웃거렸다.

"난 들어가야 하는데, 좀 비켜 줄래요?"

"저기, 혹시 청심환 있어요?"

우리는 생각지도 않았던 청심환 이야기에 스스로도 놀라는 중이었다. 하늘이 우리를 쳐다보자 우리는 자기도 모르게 덧붙였다.

"오늘 헬기 타게 되면 좀 어지러울 것 같아서."

하늘은 주머니에서 청심환을 꺼내 우리에게 내밀었다. 우리는 약을 받아 들며 말했다.

"고마워!"

하늘은 우리를 보고 픽 웃었다.

"그런 말도 할 줄 아네? 겨우 청심환 하나에."

"아니, 그게 아니고."

"그럼 뭐?"

우리는 질끈 눈을 감고 주문을 외듯 소리쳤다.

"아까 내 비밀 지켜 준 거 고맙다고."

하늘이 우리를 빤히 보다가 낄낄거리기 시작했다.

크큭. 큭큭큭큭.

우리의 얼굴이 순식간에 빨개졌다. 그렇다고 뭘 저렇게까지 웃냐.

"앞으로도 지켜 줄게, 그 비밀. 나는 도우리가 아빠 품에서 엉엉 우는 거 다 봤다는 거."

"우씨."

"쿨한 도우리가 사실은 울보라는 거."

"야!"

하늘은 여전히 낄낄거리며 휙 간호사실로 들어갔다. 우리는 간호사실 문 앞에서 혼자 중얼거렸다.

"휴……. 그래, 잘한 거야. 하연아, 오빠도 이번 주 희망 일기 성공했다. 고마울 땐 고맙다고 말하기. 그런데 참 어렵다, 어려워."

7.
사과 한 알

정민이가 깨어났다. 눈을 뜨고, 사람을 알아보았고, 우리의 지시에 손짓 발짓도 정확히 보여 주었다. 정민이의 반응에 하늘은 정말로 감동했다.

"정민아, 반가워! 깨어나 줘서 고마워."

우리도 같은 마음이었다. 깨어나 준 정민이에게 진심으로 고마웠다. 김민주 교수는 우리에게 보호자에게 연락하라고 지시했다. 정민이 아빠는 이미 병원에 있었다. 간호사들 말에 의하면 며칠째 대기실에서 살다시피 한다고 했다.

"정민이가 깨어났습니다."

정민이 아빠는 무너져 내리듯 울었다.

"감사합니다, 선생님! 감사합니다. 흐흐흐흑."

김 교수는 정민이 아빠를 부축했다.

"일어나세요. 이제 아버님이 더 강해지셔야죠."

"상대는 어떤가요?"

정민이 아빠가 묻자 김 교수가 우리에게 눈짓을 했다. 우리는 대답했다.

"희망적입니다. 또박또박 말하는 건 아직 힘들지만, 의료진 말을 정확히 다 알아듣고 간단한 움직임도 가능한 걸로 봐서 잘 회복하면 될 것 같습니다."

"정말 감사합니다. 이제 살았어요. 정민이 엄마가 알면 정말 좋아할 거예요."

정민이 아빠가 다시 눈시울을 적셨다.

"정민이 지금 볼 수 있나요?"

"아직은 조심스럽습니다. 이삼일 더 지켜본 뒤에 회복세에 들어서면 보실 수 있을 거예요. 그런데……."

정민이 아빠가 김민주 교수를 보았다.

"아이가 엄마 소식을 궁금해하면요."

"아직은 안 돼요, 선생님! 정민이가 많이 놀랄 겁니다."

정민이는 놀라울 정도로 회복세가 빨랐다. 그날 오후, 상태를 체크하는 우리와 하늘에게 눈짓을 보내며 입술을 움찔거렸다.

"정민아, 하고 싶은 말이 있어?"

정민이가 고개를 끄덕였다.

"천천히 말해 볼래?"

우리는 일부러 정민이가 말할 수 있도록 유도했다.

"엄……마……."

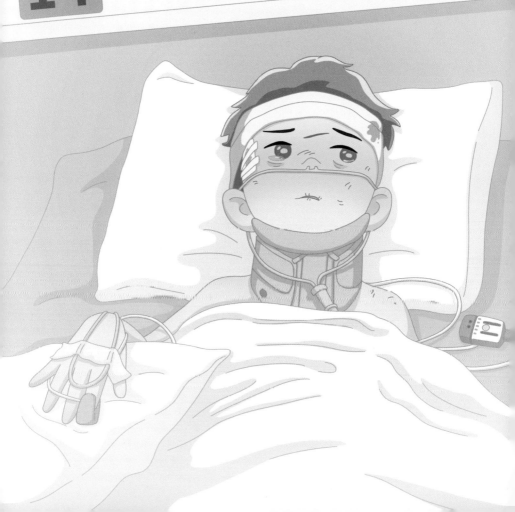

우리가 다시 물었다.

"뭐라고? 다시 한 번."

"엄마……는요?"

우리와 하늘은 서로를 보았다. 깨어나자마자 정민이가 엄마를 찾을 것이라고 예상했지만, 꼭 잘못한 걸 들키기라도 한 것처럼 우리와 하늘은 둘 다 멈칫했다. 그때 우리가 나섰다.

"엄마 괜찮아. 지금 치료받고 계셔."

정민이는 눈을 깜빡거렸다.

"엄마 언제…… 만날 수 있어요?"

우리가 답을 하지 못하자 이번엔 하늘이 대답했다.

"곧. 곧 만날 수 있어. 정민아, 걱정 마."

정민이는 다시 몇 번 더 숨을 쉬더니 힘겹게 말했다.

"엄마한테…… 전해 주세요."

"뭘? 누나한테 말해. 전해 줄게."

하늘은 따뜻한 미소로 정민이에게 얼굴을 가까이 대었다.

"죄송하다고요. 내가 안전벨트를 안 해서, 그래서…… 엄마가 벨트 해 주려다가……."

정민이의 눈에 어느새 눈물이 맺혔다. 우리의 코끝도 함께 시큰해져 왔다.

"아냐, 정민아. 네 잘못이 아니야. 있잖아, 트럭 아저씨가 졸음운전을 하셨대. 그래서 사고가 난 거야. 절대 정민이 잘못이 아니야."

정민이가 힘든지 눈을 감았다.

"말 너무 많이 하지 않도록 하는 게 좋겠어요."

우리의 말에 하늘이 고개를 끄덕였다. 우리는 애써 마음을 다잡았다. 하지만 엄마를 잃었다는 사실을 마주하게 될 정민이의 아픔이 어느 정도일지 누구보다도 잘 알고 있어서 더 마음이 아팠다.

황기복 환자가 퇴원하는 날, 아주머니가 사과 한 알을 우리에게 건넸다.

"고마웠습니다, 선생님."

우리는 망설이다 사과를 받아 들었다. 그저 내 할 일을 했을 뿐인데 환자나 보호자가 고맙다고 말할 때마다 우리는 어떻게 반응해야 할지 알 수가 없었다.

"뭐가 고맙죠? 저는 제 할 일을 했을 뿐인데요."

어느새 하늘이 나타나 끼어들었다.

"그렇게 말하고 싶죠, 도 쌤?"

　내 마음을 환히 들여다볼 수 있는 수정 구슬이라도 갖고 있
나? 우리는 하늘을 놀란 눈으로 보았다.

　"잘 회복되셔서 저도 기쁩니다, 그렇게 말하면 되는 거예요.
해 봐요."

　하늘은 우리를 바라보며 재촉했다. '나 놀리는 게 그렇게 재
밌냐?'라고 하늘의 얼굴에 쏘아붙이려다가 간신히 참고 우리
는 아주머니에게 꾸벅 인사를 하며 말했다.

　"사과 잘 먹겠습니다."

핫라인 콜이 울렸다.

"외상외과입니다."

우리가 전화를 받았다. 힘찬이었다.

"화산 119, 구급대원 강힘찬입니다. 헬기 이륙 가능한가요?"

"무슨 일이죠?"

"화산 유원지에서 추락 사고 발생. 30대 남자고, 바이탈 매우 불안정합니다."

유원지에서 추락이라니. 우리는 사고 상황이 얼른 그려지지 않았다.

"무슨 일이죠?"

"행글라이더가 추락했답니다."

"아······!"

자신도 모르게 탄성이 흘러나왔다. 행글라이더가 추락했다면 대형 사고다. 얼마나 높은 위치에서 떨어졌는지, 어디로 떨어졌는지가 환자의 생사를 가를 것이다. 운항 관리실로 뛰면서 동시에 김민주 교수에게 전화를 했다.

"교수님, 행글라이더 추락 사고입니다. 바로 출발해야 할 것 같습니다."

2권에서 계속됩니다.

✿ 에필로그

　5년 전 고졸 검정고시 시험장.

　"어이구, 애기들이 검정고시 시험을 보러 왔어? 너희들 정말 고등학교 공부 다 하고 온 거야?"

　아줌마 한 분이 지나가면서 우리의 머리를 쓰다듬었다.

　"몇 살이니?"

　우리는 아줌마를 올려다보았다.

　"여덟 살이요."

　아줌마는 놀라는 표정을 감추지 않았다.

　"여덟 살? 천재네, 천재야! 근데 너도?"

　아줌마는 우리 앞에 앉은 여자애를 보며 말했다. 여자애가 고개를 들었다. 우리와 비슷한 또래로 보였다. 우리가 그 아이 책상 위에 수험표를 보니 '오하늘'이라고 쓰여 있었다.

지나가는 아줌마와 할머니, 심지어 키가 큰 형, 누나들까지 모두 우리와 하늘의 머리를 쓰다듬으며 한마디씩 했다.

　"왜 학교 안 가고 여기 있니? 아직 아가들인데 학교를 다녀야지."

　"그럼 너희들 내년에 대학 입학 시험 보는 거? 대박!"

　"어유, 이게 무슨 일이야. 이렇게 어린애들이 둘씩이나 진짜 대단하다."

　교실에 새로 들어오는 사람마다 신기해했다. 한두 명은 우리와 하늘의 책상에 초콜릿과 사탕을 놓아주었다. 우리는 시험장 안을 둘러보았다. 중고등학생 즈음으로 보이는 사람들부터, 아줌마 아저씨에, 할머니들도 몇 분 보였다. 모두 고졸 검정고시를 치르러 온 사람들이었다. 물론 여기서 가장 어린 건 우리와 바로 앞에 앉은 하늘이였다.

우리는 초콜릿과 사탕을 가방에 넣고, 필통을 꺼내 열었다.
연필과 볼펜이 주르륵 꽂혀 있었다.

'어'? 지우개가 어디 있지?'

시계를 보니 시험 시작 15분 전이었다. 지우개가 없으면 수
학 문제를 풀 때 곤란할 것이다. 우리는 고민하다가 하늘의 등
을 툭툭 찔렀다. 하늘은 뒤를 돌아보았다.

"지우개 좀 빌려줄 수 있어?"

하늘은 잠깐 생각하더니 필통을 열어 지우개와 칼을 꺼냈
다. 그리고 칼로 정확히 지우개를 반으로 갈라, 하나를 우리에
게 건넸다.

"고마워."

우리는 지우개를 받아 들고 말했다. 하늘은 대답도 없이 다
시 제 필통을 정리했다.

"넌 어디서 왔어? 집이 어디야?"

지우개를 빌려준 하늘이가 고마워서 우리는 용기 내어 말을 걸어 보았다. 하지만 하늘은 우리를 힐끔 쳐다볼 뿐 말이 없었다.

'말을 못 하는 앤가?'

하긴. 우리처럼 여덟 살에 학교에 안 다니고 여기에 시험을 보러 왔다면 뭔가 문제가 있을지도 모른다고 우리는 생각했다. 우리도 학교생활에 적응을 못 해서 결국 학교를 그만두었으니까.

그때였다.

"아, 싫다고! 나 진짜 그냥 집에 갈래. 시험 보기 싫단 말이야! 엉엉엉."

우리보다 서너 살 많아 보이는 남자아이가 엄마와 함께 요란하게 시험장에 들어왔다.

"학교도 안 다니겠다며. 그럼 어쩔 수 없어!"

135

엄마가 진땀을 흘리며 달래자 아이는 울며 소리쳤다.

"나 시험 보기 싫어어어---."

아이의 엄마는 우격다짐으로 아이를 자리에 앉히고 서둘러 떠났다. 우리가 슬쩍 책상에 붙어 있는 이름표를 보았다. 그 아이의 이름은 강힘찬이었다.

힘찬이 눈물을 찔끔거리다가 옆줄에 앉은 우리와 하늘을 보았다.

"니들은 뭐야? 너네도 초딩이야?"

우리와 하늘이 말없이 힘찬을 보았다.

"그럼 니들도 학교 안 다녀? 대박."

힘찬은 얼굴에 묻어 있던 눈물 자국을 소매로 스윽 지우며 말했다.

"난 소방대 구급대원이 꿈이야. 어릴 때부터 그랬어. 근사한

빨간 차 타고 다니면서 사람들 구하는 거 진짜 멋있지 않냐?"

힘찬은 아무도 물어보지 않은 말을 재잘거렸다.

"그거 안 먹을 거면 나 좀 먹어도 돼?"

힘찬이 하늘의 책상에 쌓인 초콜릿을 보며 말했다. 하늘은 말없이 힘찬에게 초콜릿을 내밀었다. 힘찬은 초콜릿을 입에 넣고 우물거리며 계속 떠들었다.

"난 태권도 3단에 합기도도 유단자거든. 지금은 주짓수 배우고 있어. 사람들을 구하려면 민첩해야 하니까. 소방 관련 응급 처치법도 모두 마스터했지. 근데 학교에서 애들한테 내가 배운 기술 좀 시험해 보려고 하면 애들이 다 울고불고 난리인 거야. 난 그냥, 심폐 소생술이랑 인공호흡 실습 좀 해 보려던 것뿐이었는데. 학폭으로 처벌도 받고 막 그랬어. 하여간 요즘 애들은 너무 나약하다니까."

힘찬은 하늘의 책상 위 초콜릿 한 알을 더 가져다 까 먹었다.

"결국 내가 학교 다니기 싫다고 난리 쳐서 작년에 그만뒀어. 그런데 소방관이 되려면 공부도 해야 한대. 그래서 공부도 했지. 근데 웬걸. 내가 생각보다 공부를 되게 잘하더라? 진도 쭉쭉 나갔지. 그리고 나니까 엄마가 그러는 거야. 소방관 되려면 고등학교 졸업해야 한다고. 그래서 오늘 시험 보러 온 거란 말씀! 근데, 너무 오기 싫더라. 아침에 일어나기도 싫고. 난 수학은 재밌는데, 영어단어 외우는 건 핵 싫어하거든."

우리와 하늘은 재잘거리는 힘찬을 바라보기만 했다.

"너네는?"

힘찬이 우리와 하늘에게 물었다.

"너네는 여기 왜 왔는데?"

힘찬의 물음에 우리는 생각했다. 난 왜 여기에 와 있을까. 왜 대학에 가려고 할까.

'의사가 되고 싶어.'

하지만 입 밖으로 말하지는 않았다. 우리는 왠지 의사가 되고 싶은 자신의 꿈을 함부로 밝히고 싶지 않았다. 누구에게도 말하지 않은 비밀이다. 심지어 아빠에게도. 하늘에 계신 엄마에게만 말한 꿈이었다.

그때 시험 시작을 알리는 종소리가 울렸다.

☀닥터 헬기의 필수 의료 장비

닥터 헬기의 의료 장비들을 알려줄게!

의료용 산소 공급장치

산소 탱크, 감압 장치, 압력 게이지,
유량계 및 산소 보틀로 구성되어
환자의 상태에 맞춰 산소 농도를
조절하여 공급한다.

모니터링 기기

환자의 맥박, 호흡, 체온, 혈압 상태를
즉각적으로 나타내 의료진의
치료 결정 과정을 돕는다.

이 장비들로 환자들의
생명을 지킨다고!

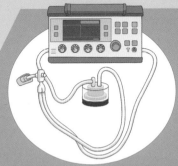

인공호흡기

환자의 폐 기능을 대신해서
공기나 기체를 폐에 들어오고 나가도록 하여
인공적으로 호흡을 조절한다.

약물 주입 펌프

환자에게 필요한 약물이 주입되는
속도를 조절하여 부작용을
최소화하고 최적의 치료 효과를
얻을 수 있도록 한다.

열세 살 외과 의사 도우리
어린이 사전 평가단을 소개합니다!

강윤아 초등 1학년	이소윤 초등 3학년	이예준 초등 4학년
김태윤 초등 1학년	송도은 초등 3학년	서아준 초등 4학년
박서온 초등 2학년	신건우 초등 3학년	성지은 초등 4학년
온하린 초등 2학년	전하준 초등 3학년	장지호 초등 4학년
이주하 초등 2학년	정하윤 초등 3학년	전주호 초등 4학년
이하은 초등 2학년	조선아 초등 3학년	정하민 초등 4학년
정예인 초등 2학년	조아연 초등 3학년	정희지 초등 4학년
조서현 초등 2학년	강호 초등 4학년	최준희 초등 4학년
한결 초등 2학년	김나율 초등 4학년	황시원 초등 4학년
홍소현 초등 2학년	김민서 초등 4학년	허소윤 초등 4학년
김민재 초등 3학년	김민선 초등 4학년	홍성현 초등 4학년
김승주 초등 3학년	김민재 초등 4학년	박지환 초등 5학년
김재후 초등 3학년	김승아 초등 4학년	배준영 초등 5학년
박은세 초등 3학년	김지호 초등 4학년	소현우 초등 5학년
박하을 초등 3학년	김태윤 초등 4학년	신율호 초등 5학년
오서준 초등 3학년	안재윤 초등 4학년	유가현 초등 5학년
유서연 초등 3학년	원하윤 초등 4학년	윤아림 초등 5학년
이도원 초등 3학년	유선우 초등 4학년	이다연 초등 5학년
이소은 초등 3학년	이마루 초등 4학년	이안 초등 5학년
이주원 초등 3학년	이시정 초등 4학년	홍영윤 초등 5학년
이민서 초등 3학년	이아라 초등 4학년	

★★★
어린이 사전 평가단
평점 4.88
★★★

외상 센터라는 것을
처음 알게 되었는데, 너무 멋진 거 같아요!
아픈 사람을 빠르게 살려내는 곳이라니
우리가 어린데도 너무 대단해요.
이하은 서울 대모초등학교 2학년

책을 읽으면서 나는 닥터 헬기를 타는
천재 초등학생 의사가 되어 있었어요!
이주원 천안 능수초등학교 3학년

눈을 뗄 수 없는 이야기!
하늘 위 닥터 헬기를 봤었는데
자세히 알 수 있어
더 흥미로웠어요!
정하민 중앙기독초등학교 4학년

저와 나이가 비슷한 주인공 우리의
활약이 너무 재미있었어요!
저도 우리처럼 다른 사람의
생명을 살리는 일을 해 보고 싶어요.
이다연 전주 전라초등학교 5학년

제 나이 또래 아이가 저렇게
멋진 의사가 되어 사람들을 돕고
살리는 모습은, 저에게 의사라는
또 다른 꿈을 하나 심어 주었어요.
저와 같이 꿈을 고민하는
친구들에게
이 책을 추천하고 싶어요.
박은세 서울 보라매초등학교 3학년

꼼꼼히 읽고
소중한 의견을 남겨 주어서
고마워!

❶ 결성! 닥터 헬기 팀

기획·감수 정경원 **글** 임은하 **그림** 하루치

1판 1쇄 인쇄 2024년 11월 20일
1판 1쇄 발행 2024년 12월 4일

펴낸이 김영곤
아동부문 프로젝트3팀 이장건 김의헌 박예진 서문혜진 박고은 김혜지 이지현 **책임편집** 오수연
아동마케팅팀 장철용 명인수 손용우 이주은 양슬기 최윤아 송혜수
영업팀 변유경 김영남 강경남 황성진 김도연 권채영 전연우 최유성
디자인 아이디스퀘어 **제작** 이영민 권경민

펴낸곳 ㈜북이십일 아울북
출판등록 2000년 5월 6일 제406-2003-061호
주소 (10881) 경기도 파주시 회동길 201 (문발동)
대표 전화 031-955-2100 **팩스** 031-955-2177
홈페이지 www.book21.com

© 임은하·하루치, 2024

이 책을 무단 복사·복제·전재하는 것은 저작권법에 저촉됩니다.

> ● ● 다양한 SNS 채널에서 아울북과 올파소의 더 많은 이야기를 만나세요.
>
> **인스타그램** @owlbook21 **페이스북** @owlbook21 **네이버카페** owlbook21 **네이버포스트** 아울북 and 올파소

ISBN 979-11-7117-915-2 (74810)
ISBN 979-11-7117-914-5 (세트)

* 잘못 만들어진 책은 구입하신 서점에서 교환해 드립니다.
* 가격은 책 뒤표지에 있습니다.

⚠️ **주의** 1. 책 모서리가 날카로워 다칠 수 있으니 사람을 향해 던지거나 떨어뜨리지 마십시오.
       2. 보관 시 직사광선이나 습기 찬 곳을 피해 주십시오.

KC
· 제조자명 : ㈜북이십일
· 주소 및 전화번호 : 경기도 파주시 회동길 201 (문발동)/031-955-2100
· 제조연월 : 2024. 12
· 제조국명 : 대한민국
· 사용연령 : 3세 이상 어린이 제품

일러두기 맞춤법과 띄어쓰기는 《표준국어대사전》을 기준으로 삼았고,
      외국의 인명, 지명 등은 국립국어원의 '외래어 표기법'을 따랐습니다.

히포크라테스 선서

이제 의업에 종사할 허락을 받음에
나의 생애를 인류 봉사에 바칠 것을 엄숙히 서약합니다.
나의 은사에 대하여 존경과 감사를 드리겠습니다.
나의 양심과 위엄으로써 의술을 베풀겠습니다.
나의 환자의 건강과 생명을 첫째로 생각하겠습니다.
나는 환자가 알려 준 모든 비밀을 지키겠습니다.
나는 의업의 고귀한 전통과 명예를 지키겠습니다.
나는 동료를 형제처럼 여기겠습니다.
나는 인종, 종교, 국적, 정당 정파 또는 사회적 지위 여하를 초월하여
오직 환자에 대한 나의 의무를 지키겠습니다.
나는 인간의 생명을 그 수태된 때로부터 지상의 것으로 존중하겠습니다.
비록 위협을 당할지라도 나의 지식을 인도에 어긋나게 쓰지 않겠습니다.
이상의 서약을 나의 자유의사로 나의 명예를 받들어 서약합니다.

+우진병원+

외상외과

나도 천재
초등학생 의사!
나의 사진을 붙이고
이름을 써 넣어
나만의 의사증을
만들어 보세요.